KB094972

인생을
바꿔라

강준현 장편소설

FUSION FANTASTIC STORY

# 인생을 바꿔라 6

강준현 장편소설

초판 1쇄 찍은 날 § 2016년 8월 17일
초판 1쇄 펴낸 날 § 2016년 8월 24일

지은이 § 강준현
펴낸이 § 서경석

편집책임 § 이창진

펴낸곳 § 도서출판 청어람
등록번호 § 제387-1999-000006호
등록일자 § 1999. 5. 31
어람번호 § 제1-2507호

주소 § 경기도 부천시 원미구 부일로 483번길 40 서경B/D 3F (우) 14640
전화 § 032-656-4452  팩스 § 032-656-4453
http://www.chungeoram.com
E-mail § chungeorambook@daum.net

ISBN 979-11-04-90937-5 04810
ISBN 979-11-04-90783-8 (세트)

# 인생을 바꿔라

6

강준현 장편소설

FUSION FANTASTIC STORY

도서출판 청어람

# 목차

**제1장**

실체로의 접근

류성은에게서 느낀 커다란 허탈감의 정체는 급속도로 내 생명력이 줄어들면서 나타나는 증상이었다.

내 생명력, 즉 에너지는 어떤 사람의 인생에 긍정적인 영향을 미쳤을 때 채울 수 있었지만 사라진 적은 없었다.

한데 그녀의 사업에 돈을 투자한다는 것만으로 어마어마한 양이 사라졌다는 건 류성은이 나의 미래와 대한민국의 미래에 지대한 악영향을 미친다는 의미였다.

그러나 외부의 위협에 아무것도 하지 못하던 가녀린 소녀가, 회사를 키워보겠다고 아등바등 발버둥 치는 까칠한 그녀가 대한민국의 미래를 바꾼다는 것을 본능적으로는 알게 되었지만 이성적으로는 여전히 의문이었다.

"…그래도 일단은 알았으니까."

많은 에너지를 잃었지만 미래 변화의 실체에 접근한 것으로 만족해야 했다.

"형님, 얼굴이 좋지 않습니다. 혹시 무슨 일이 있으십니까?"

오랜만에 만난 양상수가 걱정스런 표정으로 물었다.

"아니, 중국에 갔다가 오늘 도착해서 좀 피곤해서 그래. 너랑 애들은 잘 지냈냐?"

"죽을 맛입니다. 천안에서 번 돈을 서울에 쏟아붓고 있습니다."

"고생한다. 하지만 웬만해선 일반인은 건드려선 안 된다. 그게 결국 너의 숨통을 끊게 될 거다."

"그건 알지만 요즘 같아선 쉽지가 않습니다. 그러고 보니 형님은 조직을 운영하면서 한 번도 돈이 없다 한 적이 없었군요. 도대체 어떻게 운영하신 겁니까?"

"나?"

기억을 더듬었다.

"다른 조직을 없애고 그들이 가진 것을 빼앗았어."

"아! 형님처럼 하려 했는데 안 되겠네요. 서울은 전체 조직이 연합이 되어 있어서 다른 곳을 공격하면 연합 전체의 공격을 받게 됩니다. 물론 구속력을 가졌다고 보긴 어려웠지만 지금까진 먼저 움직인 쪽이 당했다고 하니 극도로 몸을 사리고 있죠."

"그래? 그럼 먼저 공격하게 만들면 되겠네."

"그래도 아마 피해가 많지 않다면 연합에서 중재를 할 겁니다. 사실상 이젠 굳어진 상태라고 보면 됩니다. 저희가 이곳을 차지한 것도 천운이나 다름없었다고 보면 됩니다. 물론 지금 생각하면 골칫덩어리를 떠안았다고 봐야 하지만요."

상수는 내가 한마디 하면 한참 불만을 토론했다.

어려운 상황에서도 내가 했던 대로 일반인에게 피해를 주지 않으려 노력하는 모습이 기특했다.

"너 일 하나 해줘야겠다. 잘하면 이번 기회에 아예 합법적인 사업을 할 자금을 마련할 수 있을 거다."

"도대체 무슨 일이기에……?"

"귀 좀."

난 내가 계획한 것을 상수에게 얘기해 줬다. 얘기가 끝나자 상수는 굳은 얼굴로 물었다.

"…그럼 처리는 어떻게 하실 겁니까?"

"기회는 충분히 줬다고 생각한다. 두 번 다시 장난치지 못하게 만들어줘야지."

"무슨 말씀인 줄 알겠습니다. 조용히 처리하겠습니다. 한데 과연 그자가 우리 뜻대로 움직일까요?"

"아마도. 어쩌면 다 먹으려 들지도 모르지. 그렇다면 오히려 너에겐 더 좋은 기회가 될 수 있을 거야."

"아무튼 형님 말씀대로 하겠습니다."

"고맙다. 가급적 조용히 살게 하고 싶었는데 상황이 도와주질 않네. 조만간 다시 연락하마."

상수와 얘기를 끝낸 난 국정원으로 향했다.


"여어~ 자수하러 온 건 아닐 테고. 어떻게 할지 결정을 내린 건가?"

방찬희는 군기가 반쯤 빠진 병장마냥 건들거리며 나왔다.

"비슷합니다. 한데 국정원의 기강이 많이 흐트러진 모양입니다?"

"개고생할 사람을 위한 배려지."

"하긴. 결정을 내리기에 앞서 마지막으로 물어볼 것이 있어 왔습니다."

"마음껏 물어봐."

"근데 여긴 손님한테 커피도 안 줍니까?"

"크으~ 뒤끝 작렬이네. 기다려."

방찬희는 믹스 커피 두 잔을 가지고 왔다. 그리고 그중 한 잔을 내밀며 말했다.

"침은 안 뱉었다."

어째 수상했다.

"그 정도로 유치하진 않을 거라 생각합니다만 혹시 건더기가 걸리면 지금 이 순간이 꿈이 될지도 모른다는 생각이 문득 드는군요."

"…그, 그럴 리가 없지. 마셔라."

그는 내밀었던 커피 대신에 자신이 들고 있던 커피를 줬다.

과연 이런 인간을 믿어도 될지 걱정이었다.

"제가 방찬희 씨를 고용해서 국정원에 남아 제 일에 도움을
달라고 하면 하시겠습니까?"

"스파이 노릇을 하라는 건가?"

"그렇다면요?"

방찬희는 턱을 매만지며 생각에 빠졌다. 표정을 보니 약간
껄끄러운 모양이었다.

"어떤 일을 해야 하는지 들을 수 있겠나?"

"국정원에서 열람할 수 있는 정보 중 제가 필요한 것들이
죠. 아! 물론 없을 땐 수집까지 병행해 주면 더 좋고요. 그리
고 방찬희 씨가 다칠 만한 정보는 거부해도 좋습니다."

"거부권이 있다니 나쁘지 않군. 솔직히 말하지. 지금 상태
에서 이곳에 남아 있어 봐야 네게 줄 정보는 별로 없어. 높은
사람의 눈 밖에 나서 외국에 보내질 것이라고 말했잖아."

"눈에 다시 들면 되죠."

"그게 말처럼 쉽게 되는 줄 아나? 이곳이라고 정치판이나
군대와 다를 줄 아나? 똑같아. 배경 없고 돈 없으면 한직을
돌 수밖에 없어. 그게 아니라면 죽으라면 죽는 시늉이라도 할
정도로 열심히 뒤를 핥아줘야 하지."

방찬희는 담담하게 말하고 있었지만 씁쓸한 표정은 어쩔 수 없었다.

"어떤 배경이 통할지는 알아봐야겠지만 돈은 제가 책임지죠. 돈 때문에 승진이 누락되거나 손해 보는 일은 절대 없을 겁니다. 그리고 지금 부하 직원 중 경찰에서 쫓기다시피 온 이가 있다고 들었습니다. 그 사람도 경찰에 돌아갈 수 있게 할 생각입니다."

"국정원에 이어 경찰까지? 무슨 전쟁이라도 할 생각인가?"

그는 내 의도를 알아내려는 듯 눈을 좁히고 물끄러미 바라봤다.

"나라를 전복하고 싶은 생각은 없습니다. 다만 일반인은 알아내기 힘들지만 국가기관이라면 손쉽게 접근할 수 있는 정보와 약간의 권력을 얻고 싶을 뿐입니다."

"…솔직히 매력적인 제안이야. 나라고 높은 자리에 왜 안 앉고 싶겠나. 한데 만약 네가 그렇게 했는데 배신을 하면 어쩔 생각이지?"

"그땐 다른 사람을 알아봐야죠. 다만 제가 투자해서 얻은 것들은 다시 돌려받을 생각입니다."

표정만 보면 거의 넘어왔다. 그래서 또 하나의 떡밥을 투척했다.

"그리고 연봉은 국정원에서 받는 금액의 두 배로 할 생각인데 어떻습니까?"

"연봉이 오르면?"

"당연히 그에 비례해 오를 겁니다."

"훗! 국정원 월급에 추가로 그 두 배를 받을 수 있다니 스파이를 왜 하는지 이해가 되네. 모든 직원이 동일하나?"

"많은 사람이 알면 곤란하지 않겠습니까? 그리고 팀원들은 방찬희 씨가 이끌어주면 될 일 아닙니까? 활동비를 넉넉히 드릴 테니 챙겨주려면 주고요."

"괜찮은 방법이군. 잠깐 생각할 시간을 주게."

그가 생각할 시간을 주었다. 그리고 어느 정도 시간이 흐른 후 처음 했던 질문을 다시 했고 방찬희는 그러겠노라 대답했다.

"어느 정도 돈을 쓰면 파견 가지 않고 괜찮은 자리로 갈 수 있을지 알아보십시오. 전 별도의 루트로 힘 좀 써보도록 하겠습니다."

자리에서 일어나며 말했다.

"…커피는 안 마시고?"

"저라면 두 군데 다 침을 뱉었을 겁니다. 이젠 실직적인 상사가 됐는데 부하 직원을 불행하게 만들 수야 있나요."

"훗훗! 도무지 이길 수가 없군요. 앞으로 잘 부탁드리겠습니다, 사장님."

말투가 바뀌었다.

장담하던 대로 공과 사가 확실한 모양이었다.

"범인이라는 말보다 한결 듣기 좋군요. 간혹 우당에 봉사 활동 하러 오십시오. 그때 뵙죠."

"아무래도 아버지처럼 팔자에 봉사 활동이 있나 보군요. 그럼 들어가십시오."

다음부턴 우당에서 만나 얘기하자는 말을 끝으로 국정원에서 나왔다.

*　　　*　　　*

민종수에 대한 준비를 어느 정도 마친 후 염을 뽑았다. 그리고 이번엔 과거가 아닌 미래로 보냈다.

류성은이 정말 미래의 한국을 일본에 팔아넘기는지를 확인하고 싶었다. 그리고 도대체 왜 그런 짓을 할 건지도 궁금했다.

목표로 잡은 시간대는 2085년.

대한민국으로서는 혼란이 극에 달하던 시대로 기억에 따르면 매국이 슬슬 논의되던 때였다.

미래의 류성은에 대해선 어느 것 하나 정확히 아는 것이 없었기에 장소는 서울 남산으로 정했다.

남산타워에서 바라본 미래 서울의 모습은 현재와 너무 달랐다.

100층은 족히 넘어 보이는 고층 빌딩들이 즐비했고 작은 헬리콥터들이 하늘 위에 길이라도 있는 듯 줄지어 날아다니고 있었다. 그리고 그 아래로는 다양한 모양의 드론들이 개미처럼 택배 상자를 나르고 있었다.

'천로(天路)와 헬리택시.'

누구에게서 읽었는지 모르지만 머릿속에 하늘의 도로명과 헬리콥터의 이름이 기억났다.

혼란의 시기라고 하지만 겉으로 보기에 도시는 활기차 보였다.

미래의 대한민국의 모습에 잠간 시선을 뺏기긴 했지만 신기함도 잠시, 난 초고층 빌딩이 있는 곳으로 날아갔다.

미래 대한민국 1위 그룹이니 본사 건물이 있을 거라는 생각에서였다.

삼송, 현소, GJ, 신선, SH, KMB 금융그룹…….

2012년의 재벌들이 여전히 존재하고 있었다.

'어? 잠깐! 신선?'

빌딩의 이름을 훑어보며 지나가던 난 조금 전 봤던 신선이라는 간판이 있었음을 생각해 내고 몸—앞뒤가 있는 것은 아니지만—을 돌렸다.

신선제약그룹.

빌딩 앞에 놓인 거대한 머릿돌에 적힌 이름은 분명 내가 알던 신선제약이었다.

'이름뿐인 회사가 어떻게 제약그룹이 됐지?'

궁금했다. 만일 미래의 일을 안다면 민종수의 뒤통수를 제대로 때릴 수 있지 않겠는가.

하지만 신선제약그룹 빌딩으로 들어가려던 생각이 곧 바뀌었다. '따위' 따위에게 에너지를 사용한다는 것 자체가 어리석은 짓임을 깨달은 것이다.

다시 하늘로 올라 창천그룹을 찾는 일에 열중했다. 그리고 마침내 구름을 뚫고 우뚝 솟아 있는 초고층 빌딩의 상단부에 '창천'이라고 적힌 글을 발견할 수 있었다.

구름 속의 용을 형상화한 창천이라는 글씨는 당장이라도 승천을 하려는 것처럼 보였다.

'창천그룹!'

본사가 분명해 보이는 빌딩을 찾았으니 이제 회장의 몸에 빙의해서 기억을 읽으면 류성은의 행방을 쉽게 알 수 있을 것이다.

난 까마득히 보이는 땅으로 내려가 창천그룹 빌딩의 로비로 들어갔다.

입구에 얼핏 보기에도 갖가지 보안장치가 있었지만 에너지인 나에겐 무용지물. 빠르게 지나쳐 웬만한 운동장보다 큰 로비에 들어선 난 빌딩 안내문을 찾았다.

안내문은 없었다. 그래서 로봇이 앉아 있는 안내 데스크 앞에서 컴퓨터처럼 보이는 기계장치를 이용해 뭔가를 검색하는 사내의 옆으로 가서 빌딩 정보를 확인할 수 있었다.

'111층 이상에 있겠군.'

1층부터 110층까지는 각 층에 뭐가 있는지 표시되어 있었지만 회장실이 어디라고 나와 있진 않았다. 그 말인즉 회장실은 110층 위로 있다는 얘기와 다를 바 없었다.

난 그 자리에서 하늘로 치솟았다.

천장을 지나고, 누군가의 책상을 지나고, 화장실을 지나기를 백여 번, 111층에 도착했다.

'여긴 아니군.'

111층은 크고 작은 회의실뿐이었다.

나는 112층부터는 갈지(之)자로 날며 124층까지 훑어보았다. 그리고 124층의 천장을 뚫으려는 찰나, 딱딱한 것에 부딪혀 튕겨 나왔다.

'뭐, 뭐야?'

순간 당황했지만 난 다시 천장으로 날아올랐다.

투웅!

하지만 이번에도 마찬가지로 올라간 속도만큼 튕겨져 나왔다. 게다가 약간의 에너지마저 소모됐다.

'빌어먹을! 영혼을 막는 방어막이라도 있는 건가?'

다시 한 번 테스트를 해본 후 결국 천장 뚫기를 포기해야 했다.

'천장에만 길이 있는 건 아니니까.'

건물 외벽을 뚫고 구름이 잔뜩 낀 밖으로 나왔다. 꼭대기까지 대략 10층 높이가 더 있었다.

난 125층의 외벽으로 돌진했다.

투웅!

천장과 마찬가지로 튕겨져 나왔다.

135층까지 일일이 부딪쳐 보고 빌딩 꼭대기에서 아래로 뚫어보려고 했지만 모두 헛일이었다.

에너지 3분의 1의 잃고 나를 막는 뭔가가 설치되어 있음을 인정해야 했다.

그렇지 않고서야 다른 곳은 다 가능한데 125층 이상만 통과하지 못할 이유가 없었다.

'궁금증을 풀려 왔는데 도리어 의문만 잔뜩 안게 된 기분이야.'

한 가지 확실한 건 125층에 회장실이 있고 오늘 그에게 빙의를 하지 못한다 해도 다음을 위해 최대한의 정보를 얻어야 한다는 것이었다.

조금 전 훑어볼 때 사람이 있던 123층으로 내려갔다.

전략기획실이라고 적힌 사무실엔 50여 명의 사람이 책상에 앉아 열심히 일하고 있었다.

이곳에서 자유롭게 움직이려면 아무래도 실장에게 빙의를 하는 것이 당연했다.

실장 류진명.

아직 20대 후반 정도로밖에 보이지 않는데 실장이고 성씨 또한 류씨인 것으로 보아 류성은의 자손이거나 친인척 관계인 듯 보였다.

'가만히 보니 류성은과 많이 닮았네.'

무표정한 얼굴로 일에 열심히 일하는 류진명을 가까이에서 보니 류성은의 현재(2012년) 모습과 비슷했다.

'잠깐 몸 좀 빌릴게.'

난 더 이상 머뭇거리지 않고 류진명에게 머릿속으로 몸을 날렸다.

투웅!

조금 전 125층으로 올라가는 천장과 외벽에 부딪혔을 때 똑같은 상황이 발생했다.

'빌어먹을, 도대체 뭐가 문제야!'

이번엔 아까보다 포기가 빨랐지만 이미 세 번쯤 돌진에 실패한 후였다.

차선책인 류진명까지 안 된 이상 밑의 등급인 팀장 중 한 명에게 빙의를 할 수밖에 없었다.

10명의 팀장 중 그나마 가장 나이가 많은 사람에게 빙의를 시도했다. 또다시 튕겨져 나올까 걱정했는데 다행히도 이번엔 성공적으로 몸을 차지할 수 있었다.

난 팀장의 몸을 차지하자마자 기억을 읽었다.

엘리트 중의 엘리트라 지식이 많아 그런지 아님 새로운 시대에 사는 사람이라 그런지 에너지는 빠르게 소모됐다.

'에너지를 보충해야겠군.'

기억을 다 읽고 나자 에너지가 3분의 1밖에 남지 않았다. 그래서 김철과 연결된 선으로 절반 정도까지 에너지를 보충했다.

눈을 뜨자 가장 먼저 보이는 것은 홀로그램 모니터. 여러 개의 창에 수치와 그래프로 이루어진 서류들이 떠 있었다.

'다들 왜 안경을 끼고 있나 했더니 이 홀로그램 모니터를 보기 위한 것이었군.'

나는 이미 이보다 미래의 기술을 겪은 적이 있었기에 모니터를 사용하는 데 별다른 어려움은 겪지 않았다.

이왕 컴퓨터 앞에 앉은 김에 내 미래가 어떻게 되는지를 검색해 보았다.

'…젠장! 전혀 바뀌지 않았어.'

난 여전히 2017년에 의문의 죽음을 당하는 것으로 나와 있었다.

이해가 되지 않았다. 지난번 볼 때와 이번에 볼 때는 명백한 차이가 있었다.

바로 죽음을 인식하지 못하고 있었다는 것과 인식하고 있다는 차이. 그런데도 죽음을 맞이했다면 의미하는 바가 컸다.

내가 했던 일이 모두 헛짓이라는 의미.

내가 하고 있는 일이 모두 헛짓이라는 의미.

내가 할 일이 모두 헛짓이라는 의미.

가벼운 허탈감과 함께 무기력함마저 들었다.

어떻게 해도 죽는다면 지금하고 있는 일이 무슨 소용이 있겠는가.

온 정신이 무기력감에 물들어갈 때 시간이 존재하지 않는 공간에서 허송세월을 보내던 염일 때조차 가지고 있었던 본능이 깨어났다.

살아야 한다는 생존 본능.

죽기 싫다는 본능은 머리를 차갑게 만들었다.

'그렇군. 난 시한부였어. 그래! 시한부라면 인식 여부로 내 인생이 바뀌지 않는다는 걸 설명할 수 있어.'

2017년 에너지가 바닥이 나면서 죽게 된다는 가정을 세웠다. 그러자 자연 해야 할 일 또한 생각났다.

에너지를 최대한 아끼거나, 사라지는 것보다 빠르게 채우거나.

고민하는 시간조차 에너지가 소모된다고 생각하자 이곳에서 고민하는 것은 사치임을 알게 되었다.

고민은 잠시 접어두고 두 번째 단어 '신선제약'을 검색엔진에 넣고 검색했다.

그들이 어떤 약품을 개발했고, 그 약품이 어떤 미래를 만들 것이며 얼마만큼의 수익을 올린 것인지에 대한 기사만 해도 하루 종일 걸릴 정도로 많았다.

옵션으로 2012년부터 2015년을 넣자 비로소 내가 찾던 기사가 나왔다.

'여기 있군! 신선제약이 살아난 이유.'

2012년 말, 누군가가 얻게 될 행운을 먼저 알게 되는 순간이었다.

신선제약 기사까지 읽은 난 더 이상 머뭇거리지 않고 자리에서 일어났다.

바로 밖으로 나가 125층으로 가려 했는데 저지하는 이가 있었다.

"송 팀장. 지금이 집중 업무 시간인 걸 잊은 겁니까? 아님 다른 이유가 있는 겁니까?"

류진명은 중지로 안경을 밀어 올리며 싸늘한 목소리로 물었다.

'아! 생각 없이 일어났군.'

집중 업무 시간은 업무 시간을 보다 효율적으로 쓰기 위한 창천그룹의 방식으로 오전 10시부터 11시 30분, 오후 2시부터 4시까지는 커피, 인터넷 검색, 사적인 전화, 게다가 화장실마저 통제하고 일에 전념해야 했다.

예외는 오직 한 명, 회장인 류성철뿐이었다.

"죄, 죄송합니다. 자, 장염에 걸린 건지 참으려 해도 참을 수가 없습니다."

바지 뒤춤을 부여잡으며 앓는 소리를 했다.

만일 지금 나를 잡는다면 당장 똥을 쌀 수도 있다는 표정을 짓자 류진명의 눈이 한결 부드러워졌다.

"몸 관리도 집중 업무 시간을 위한 기본 요건입니다."

"무, 물론입니다. 주의하겠습니다."

"다녀오세요. 그리고 이왕 나간 김에 의무실에 들러 주사라도 맞고 오세요."

류명진은 할 말을 다 했다는 듯 다시 홀로그램 모니터로 시선을 돌렸고 난 속으로 한숨을 쉬며 밖으로 나왔다.

"얼굴만 닮은 줄 알았더니 성격도 비슷하군. 역시 그 할머니에 그 손자야."

현재 내가 차지한 몸의 주인, 송운경의 머릿속엔 회사의 조직도도 있었다.

류진명은 회장 류성철의 셋째 아들이자 류성은의 손자였다.

"그나저나 125층엔 어떻게 올라가야 하나."

엘리베이터를 탄다고 해도 송운경이 가진 사원증으로는 125층에 올라갈 수가 없었다. 간혹 류진명을 보조하기 위해 올라간 적도 있지만 그땐 상층부에 있는 모니터링 룸에서 출입을 활성화시켜 주었었다.

계단도 있었지만 계단을 나가는 문 역시 같은 방식이라 이래저래 올라갈 길이 없었다.

집중 업무 시간에 복도를 서성이는 것 또한 눈에 띌 수 있었기에 화장실에 앉아 고민을 했다.

고민 끝에 내린 결론은 '방법이 없다'였다.

'어차피 올라가도 방법이 있는 건 아니니까.'

벽을 통과하지 못하는 이유나 알아볼까 했지만 송운경의 몸으로는 그것이 불가능했다.

하지만 다시 온다면 길이 없는 것도 아니었다.

'이 기회에 에너지를 회수할 수 있는지 시험을 해봐야겠군.'

에너지를 보낼 수 있다면 받을 수도 있지 않을까라는 생각에 송운경의 몸에 있는 에너지를 김철 쪽으로 끌어당겨 봤지만 소용이 없었다.

'쳇! 조금이라도 아쉬운 판에 단방향이라니.'

이왕 없어질 에너지라면 완전히 소모하고 가는 것이 좋을 것 같았기에 다시 사무실로 돌아갔다.

"송 팀장, 속은 좀 어떻습니까?"

안으로 들어가 혹시 류성은에 대해 알 수 있을까 해서 검색을 하고 있는데 류진명이 불렀다.

"화장실을 갔다 와서인지 이젠 괜찮습니다."

"다행이군요. 전 지금 창천화장품 중국 지사로 가봐야 할 것 같습니다. 또 문제가 발생한 모양입니다. 그래서 5시부터 있는 이 사업계획서에 대한 발표를 부탁드려야겠습니다. 예전에 제 앞에서 한 것처럼만 해도 됩니다."

"…5시 회의라면?"

송운경의 기억에 없는 회의라면 상층부에서 있는 회의일

가능성이 높았다. 기회가 생길지도 모른다는 생각에 정신이 번쩍 들었다.

아니나 다를까 류진명의 입에선 내가 원하는 말이 나왔다.

"그룹 사장단 회의입니다. 정 불편하면 안 하셔도……."

"하겠습니다! 아니, 맡겨주십시오!"

"그럼 부탁합니다. 모니터링 룸엔 말해둘 테니 10분 뒤에 올라가면 될 겁니다. 전 이만."

"다녀오십시오!"

살짝 고개를 숙였다 일어나니 류진명은 사무실을 나가고 있었다.

난 그가 건넨 서류를 훑어보았다. 모두 기억 속에 있는 내용들. 이미 류진명 앞에서 발표를 한 적이 있었기에 딱히 연습할 것은 없었다.

두근거리는 마음으로 발표 준비를 마치고 엘리베이터에 올랐다.

"그룹 사장단 회의에 참석하려 합니다."

감시카메라를 향해 말하자 잠시 후 엘리베이터는 올라가기 시작했다.

멈춰 선 곳은 127층. 겉으로 보기엔 딱히 특별할 것도 없는 그냥 사무실이었다. 다만 로봇이 인간이 하던 경호 업무를 대신하고 있었다.

물론 사람도 많았다.

헬기장이 있는 건지 한쪽 방향에서 계열사 사장들이 계속 나오고 있었다. 그리고 그런 그들을 비서실 사람들이 맞이하고 있었다.

"송 팀장, 류 실장을 대신해 발표하기로 했다고 들었네. 저쪽에 있는 대기실에서 기다리고 있게나."

"아! 비서실장님. 안녕하셨습니까? 한데… 오늘 혹시 회장님도 참석하십니까?"

"사장단 회의인데 당연하지. 왜, 긴장되나?"

"솔직히 긴장됩니다."

"허허허! 걱정 말고 평소대로 하게. 회장님께선 그리 어려운 분이 아니라네."

비서실장과 간단히 얘기를 끝내고 대기실로 갔다.

텅텅!

'딱히 다르진 않은 것 같은데 왜 뚫지 못하는 거지?'

바닥을 강하게 밟아보고 살펴보지만 특이한 점은 발견할 수가 없었다. 아마 바닥의 중간에 어떤 장치를 한 모양이었다.

이번엔 창 쪽을 자세히 살펴보았다.

'저건가?'

창틀 위에 자세히 보지 않으면 알아보기 힘들 정도로 얇은 뭔가가 붙어 있었다.

방 안에 감시카메라가 없음을 확인한 난 책상을 놓고 그 물체를 손으로 떼어보았다.

찌찌쩌쩍!

접착제 떨어지는 소리와 함께 얇디얇은 금속판이 벽에서 떨어졌다.

요리조리 살펴보던 난 금속판이 2중으로 되어 있고 그 사이에 부적이 들어 있음을 확인할 수 있었다.

'고작 이깟 부적 때문에 통과를 못 한 건가?'

부적의 모양을 사진 찍듯이 기억을 하고 찢어버렸다. 그리고 금속판은 서류장 뒤쪽으로 던져 버렸다.

'이제 회의가 시작되겠군.'

5시 2분. 난 가만히 앉아 류성철을 만나면 어떻게 해야 할지 생각했다.

'미래의 사람을 죽인다면 과연 현재의 나에게 영향을 미칠까?'

곰곰이 생각해 보던 난 멍청한 짓이라는 결론에 이르렀다.

설령 죽이더라도 과거에 갔다가 다시 오면 살아 있을 가능성이 99.9퍼센트였다.

미래는 아무리 파일, 폴더를 엉망진창으로 만들어도 껐다가 켜면 원래 상태로 돌아오는, 복원 기능이 있는 컴퓨터와 마찬가지라고 생각됐다.

물론 모든 것은 가설에 불과했고, 설령 초기화되더라도 얻는 것과 잃는 것이 있었다. 얻는 것은 정보였고 잃는 것은 에너지였다.

'초기화란 말이지……'

어차피 사라질 에너지라면 가설이 어디까지 맞는지 테스트해 보는 것도 나쁘지 않다는 생각이 들었다.

"다음 차례입니다. 준비하십시오."

비서실 직원으로 보이는 여자가 문을 열고 말했다.

나는 그녀를 따라 회의실 앞으로 이동했다.

"여기 앉아 계시다가 안에서 발표자가 나오면 바로 들어가서 발표하면 됩니다."

"알겠습니다."

5분쯤 지나자 영업본부장이 밖으로 나왔다.

인사를 했지만 안에서 많이 깨졌는지 잔뜩 인상을 쓴 채 쌩하니 가버렸다.

길게 호흡을 해서 긴장감을 없앤 난 문을 열고 안으로 들어갔다.

류성철을 기준으로 사장단 스물여섯 명의 계열사 사장들이 좌우로 앉아 있었고 그의 뒤쪽에 비서실장과 비서실 여직원이 서 있었다.

문제는 로봇 경호원들인데 네 대의 로봇이 회의실 귀퉁이에 장식품처럼 자리하고 있었다.

'몰라! 일단 해보는 데까지 해보지 뭐.'

난 서른두 개의 주먹만 한 구를 만들었다. 그리고 발표하는 곳으로 발걸음을 옮기다 류병철과 가장 가까운 거리 되는 순간—그래봐야 1미터 정도의 차이에 불과했지만—일제히 구를 발사했다.

쿵! 풀썩!

사장들은 정신을 잃고 고개를 뒤로 젖히거나 긴 테이블에 머리를 박았고 비서실장과 여직원은 허물어지듯 쓰러졌다.

다만 류성철은 부적을 몸에 지니고 있는 건지 멀쩡했는데 이미 예상하던 바였다.

'로봇은?'

이미 테이블 위를 올라 류성철에게 절반 이상 접근한 상태. 에너지를 로봇들에게 쏘았지만 딱히 기대하고 있지는 않았다.

'설마, 로봇들에게도 통한 건가? 아님 빛 좋은 개살구인 건가?'

로봇은 꿈쩍도 하지 않고 있었다.

테이블의 삼분의 이 지점까지 왔다. 이제 점프만 해도 류성철을 잡을 수 있는 위치였다.

'됐다! 이 거리라면 로봇이 움직인다 해도 그 전에 잡을 수 있어.'

난 회심의 미소를 짓고는 로봇에서 시선을 돌려 류성철을 바라보았다.

당연히 놀라 당황하는 표정이나 두려워하는 표정을 짓고 있을 줄 알았던 류성철은 무척 담담한 얼굴로 날 바라보고 있었다.

'믿는 구석이 있다?'

이미 몸을 날린 상태였기에 설령 눈앞에 레이저 그물막이 생긴다고 해도 어쩔 수 없었다.

"커억!"

순간, 류성철의 손이 갈고리 모양을 하고 쭉 뻗어 나와 내 목을 움켜쥐었다. 순간적으로 달려들었던 속도의 힘이 내 목으로 전해져 나도 모르게 거친 비명을 토해냈다.

'빌어먹을! 류성은이 우리 집안 가전 무술을 자신의 아들에게 전수할 수 있다는 걸 깜박했군.

칠순에 가까운 류성철은 실제로 보기엔 50대 중반 정도로밖에 보이지 않았다. 하지만 나이는 속일 수 없다고 생각했는데 착각이었다.

평범한 노인네가 아니었다.

한 손으로 내 목을 잡고 잡아당기는데 180이 넘는 송운경의 몸이 질질 끌려가고 있었다.

설령 김철의 몸으로 싸운다고 해도 이길 수 있을지 의문이었다. 아니, 질 게 분명했다.

여덟 살 때부터 류성은처럼 열심히 수련했다고 하면 60년간 수련을 했다는 얘긴데 그의 단전에 쌓였을 기운이 얼마나될지 상상이 되지 않았다.

"쯧! 아직도 포기를 못 한 건가?"

류성철은 마치 귀찮다는 듯 내뱉었다.

'무, 무슨 말이야?'

말을 하고 싶었지만 생각뿐이었다. 그의 팔에 대롱대롱 매달려 있는 상태라 숨 쉬기도 버거웠다.

"사장들에겐 무슨 짓을 한 거지? 독을 사용했나? 근데 로봇에도 독이 통했던가? 아무튼 독을 사용했다면 해독약을 내놓는 게 좋을 거야."

너무 태연하게 말하는 모습이 재수가 없을 정도였다.

'젠장, 저 눈빛 어디선가 본 듯한데……. 그룹 회장이 죽음에 찌든 전사의 눈빛을 하고 있다니.'

"아! 너무 꽉 잡고 있어서 말을 못 하겠군. 허튼소리 하면 목을 부러뜨려 버릴 테니 해독약이 어디 있나 말해. 목숨 정도는 살려줄 수 있으니까."

류성철은 말을 할 수 있을 정도만 힘을 풀었다.

"…으득! 해, 해독약이 없다면 어쩔 건데?"

숨을 제대로 쉬지 못해 정신이 아득해져 가니 과거 민종수에게 당했던 날이 기억나며 악이 받쳐 소리쳤다.

하지만 그는 별다른 표정 변화가 없었다. 다만 생각할 때의 습관인지 시선을 살짝 위로 올릴 뿐이었다.

올라갔던 그의 눈은 2초도 되지 않아 원래대로 돌아왔다. 생각이 그만큼 빠르고 결단 역시 빠르다는 얘기.

"똑똑한 사람들이라 개인적으로 슬프지만 어쩔 수 없지. 저들을 대신할 사람들은 얼마든지 있거든. 부사장들이 돼지꿈을 꿨나 보군. 다만 복수는……."

그가 말을 하는 사이 깊게 숨을 들이마셨다. 산소가 돌기 시작하자 팔에 힘이 들어왔다.

양팔로 그의 팔을 철봉처럼 잡고 몸을 띄웠다. 그리고 그의 어깨에 오른발을 걸면서 왼발로 그의 턱을 찼다.

'퍽'이 아니라 '턱' 하는 소리가 나는 것을 보아 역시 그의 왼손에 막힌 모양이었다.

애초에 이번 공격은 목을 잡고 팔을 풀기 위한 허(虛)수였다.

오른발로 그의 어깨를 밀면서 몸을 최대한 뒤로 젖혔다. 그의 손아귀에서 벗어나 테이블 위로 떨어졌다. 그리고 바로 뒤로 한 바퀴 돌며 그와 거리를 벌렸다.

"충칭 집단 늙은이가 그렇게 당하고도 아직도 복수를 하려 하다니 정신을 못 차렸나 보군. 뭐, 그래도 이번엔 어설프게나마 기술은 제대로 쓰는 놈을 보냈어."

류성철은 위험한 놈이었다. 그래서 한시도 그에게서 시선을 떼지 않고 있었는데 순간적으로 움직임을 놓쳤다.

'위!'

난 다시 뒤로 구르기를 해야 했다.

쾅! 콰지직!

방금 내가 있던 곳의 원목 테이블이 충격에 부서지는 소리가 들렸다. 십년감수한 나는 도는 김에 아예 두 바퀴 더 돌아

테이블에서 벗어났다.

"빌어먹을 노인네, 힘도 좋군."

노인네가 아니었다. 내 키를 사뿐히 넘는 도약력과 원목 테이블을 발차기 한 번에 못쓰게 만들 정도인 걸 보면 괴물이었다.

무협지에 나오는 인물과 비교한다면 삼류무사 정도겠지만 현실에서 완전히 먼치킨이나 다름없었다.

"힘만 좋은 게 아니라는 걸 보여주지."

"보여주지 않아도……."

그가 움직였다고 생각하는 순간 나는 바닥으로 엎드렸다.

파악!

송운경은 근육이란 거의 없었다시피 했으며 동체 시력 또한 엉망이라 감으로 류성철의 공격을 피할 수밖에 없었다. 머리카락이 그의 발차기에 스쳤다.

머리카락이 스쳤음에도 두피가 욱신거릴 정도인 걸로 보아 직접 맞는다면 뼈가 성치 못할 게 분명했다.

콰직! 팍! 쾅! 터엉!

류성철은 내가 계속 피하자 본격적으로 가전 무술을 사용했다. 한데 그 덕분에 흉한 꼴은 당하지 않을 수 있었다.

어깨의 움직임만으로도 어느 동작을 할지 알 수 있으니 처음 막무가내 공격보다 피하기가 훨씬 수월했다.

그의 손에 걸린 것은 성한 것이 없었다.

의자는 산산이 부서졌고, 금속 장식품은 건너편 벽으로 날아가 반쯤 박혔고, 로봇의 어깨는 덜렁거렸다.

"헉헉! …지쳤나?"

갑자기 공격을 멈추고 나를 지그시 바라보는 류성철을 향해 이죽거렸다. 그러나 숨소리가 거칠어진 건 나뿐이었기에 이죽거리는 내가 더 비참했다.

"…너. 충청 집단 늙은이가 보낸 머저리가 아니구나?"

'충청 집단의 늙은이라면… 엄옥당을 말하는 것 같은데 둘 사이에 무슨 일이 있었나?'

의문이 들긴 했지만 순간에 불과했다.

지금은 그가 잠시 멈춰 있는 동안 한 가지라도 알아가는 것이 더 중요했다.

"무, 물론. 헉헉! 충청 집단과는 아무런 관계가 없어."

"한데 사용한 무술은 어떻게 아는 거지?"

"어깨너머로 배웠다고 해두지. 한데 당신만 계속 질문을 하는 것, 우습지 않나? 나도 몇 가지 묻고 싶은 게 있는데 말이야."

"뭐가 궁금한지 몰라도 살인자랑은 얘기 안 해. 죽일 뿐이지."

"다들 죽지 않았어! 정신만 잃었을 뿐이야. …미치겠군!"

난 그의 말이 끝나기가 무섭게 버럭 소리쳤다. 그가 달려들지도 모른다는 생각에서였는데 왠지 그렇게 외치고 나니 스스로가 비참해지는 듯했다.

류성철은 자신의 근처에 있는 사장의 코에 검지를 갖다 대
며 말했다.

"말해봐."

"왜 나라를 팔려는 거지?"

좀 더 정확하게 물어볼 수도 있었지만 그의 반응을 보기
위해 다소 뜬금없이 물어봤다.

"…무슨 소릴 하는지 모르겠군."

그는 시치미를 뗐지만 일순 놀라는 표정을 짓는 실수를 했
다.

"다 알고 왔어. 당신 어머니 때부터 준비를 해왔던 거잖아?
도대체 왜? 당신은 한국 사람이 아닌가? 근데 어떻게 조국을
일본에 팔아넘기려는 거지?"

"……."

류성철은 날 물끄러미 바라보며 긍정도 부정도 하지 않았
다.

"일본의 개가 되면 행복해? 그들이 뼈다귀라도 던져준다던
가? 국민들을 등쳐서 사는 것으로 부족했나?"

그를 더욱 자극했다.

성공했는지 그의 입술이 실룩거리다 열렸다. 그러나 내가
원하는 대답은 아니었다.

"…널 보니 문득 예전에 어머니가 해주던 말씀이 기억나. 당

신이 어렸을 때 겪었던 일이었다고 말하셨는데 도저히 믿기지 않는 것들이었어. 수많은 경호원들을 기절시키고 당신을 납치한 남자가 자신을 죽이려 했는데 나중에 찾고 보니 죽이려 했던 기억을 전혀 못 하는 평범한 남자였다는 것이나, 당신을 구해준 남자가 5분 뒤 다시 나타났을 땐 전혀 다른 사람이 되어 있었다는 얘기였어. 어머닌 이상한 영혼이 그들의 몸을 조종했다고 믿으셨지."

이번엔 내가 입을 다물고 그의 말에 귀를 기울이고 있었다.

"난 어머니가 그저 어릴 때 힘든 일을 겪으셔서 기억이 왜곡되었다고 생각했어. 얼마나 힘들었으면 그랬을까 안쓰러운 생각마저 들었지. 그래서 간혹 이상한 부적을 지니고 있으라거나 멀쩡한 회사를 뜯어고치는 것도 듣는 척을 했고. 한데 어머니의 말이 모두 사실이었을 줄이야."

"……."

"그 몸, 송운경 팀장이군. 몸을 차지하고 있는 넌 뭐지?"

궁금한 것을 알아보기 위해 왔는데 어째 취조를 당하는 느낌이었다.

류성철만 시치미를 뗄 수 있는 건 아니었다. 게다가 에너지가 이미 바닥을 향해 가고 있었다. 시간이 없었다.

"미친 소리. 난 그저 나야. 아까 내가 한 질문에 답이나 해봐. 도대체 왜 나라를 팔려고 하는 거지?"

"어머니를 죽이려던 쪽인가? 아님 살렸던 쪽인가? 그것도 아님 전혀 새로운 존재인가?"

"너의 생각인가, 류성은의 생각인가?"

서로 답은 하지 않고 질문만 오고 갔다.

마치 거울을 보고 질문만 하는 듯한 상황에 짜증이 났다. 그리고 시선이 희미해지는 것이 에너지가 떨어지기 직전이었다.

'에너지를 보내?'

잠깐 고민해 봤지만 류성철은 절대 입을 열 것 같지 않았다. 게다가 류성철을 도저히 이길 자신이 없었다.

"오늘은 물러나지만 반드시 막고 말겠다!"

"잡귀 주제에 꺼질 때가 되니 강단 있는 척하는군. 다음엔 누구의 몸에 빙의가 돼 있든……."

끝까지 듣지 못하고 2085년에 있던 시선이 사라졌다.

"으아! 빌어먹을 자식! 재수 없어!"

침대에서 일어난 나는 하늘을 보고 버럭 소리쳤다.

류성은도 류성철에 비하면 귀여운 수준이었다.

도대체 어떤 놈이랑 결혼했기에 그딴 놈을 낳았는지 낯짝이라도 한번 보고 싶었다.

\*　　　　\*　　　　\*

"형님, 얼굴 좀 펴십시오. 어째 아침부터 똥 씹은 얼굴을 하고 계십니까?"

석훈이 따뜻한 커피를 건네며 기분 더러운 위로를 했다.

"…똥을 씹어봤나?"

"에이~ 까칠한 거 보니 우리 형님 또 뭔가에 마음이 상하셨네. 말씀해 보십시오. 제가 들어드리겠습니다."

류성철을 만나고 온 지 며칠이 지났지만 기분은 여전히 나빴다. 그래서 뒷담화를 하듯이 류성철에 대해 설명을 해줬다.

"…성격만 더러운 줄 알아? 말할 때 무표정하게 말하는 꼴이 졸라 재수 없어! 아주 그냥 주먹이 부들부들 떨리게 만드는 얼굴이라니까."

"말만 들어도 정말 재수 없네요. 근데 그렇게 화가 났으면 좀 때려주지 그랬습니까?"

"재, 재수 없다고 사람을 때릴 수야 있나. 어쨌든 살다 살다 그런 놈은 처음이다."

석훈에게 말을 하고 나니 기분이 조금이나마 풀렸다. 왜 정신과 의사들이 누군가에게 말하는 것이 정신 건강에 도움이 된다고 하는지 알 것 같았다.

"두 번째일 겁니다."

"엥? 내가 그런 놈을 두 번 만났다고? …그랬다면 내가 기억 못 할 리가 없지."

"거울을 보십시오. 제가 들어보니 그놈 딱 형님 성격이네요. 원래 사람은 자신과 닮은 사람을 싫어한다는 말이 있잖습니까?"

"……."

불난 집에 아예 기름을 끼얹는 석훈이다.

"뭐, 형님보다 그놈이 조금 더 최악인 것 같긴 한데 오십보백보… 꾸엑!"

오랜만에 석훈의 목젖의 감촉을 느꼈다. 그리고 다른 부위의 감촉은 어떤지 느끼기 위해 석훈의 온몸 구석구석을 주먹으로 때려줬다.

만일 이곳이 많은 사람들이 오가는 공항이 아니었다면 며칠은 앓아눕게 만들었을 것이다.

"비교할 놈과 비교를 해야지."

"정말 닮았는데 천안 애들한테 물어보면……."

"이 망할 자식이 아직도!"

역시 정신적 스트레스는 말을 하는 것도 중요하지만 몸을 움직이는 것도 중요했다.

다시 한 번 석훈의 몸을 어루만져 주고 나자 류성철에 대한 스트레스는 물론이거니와 최근 쌓였던 스트레스도 덩달아 풀리는 것 같았다.

석훈이 입술을 삐죽이며 속으로 내 욕을 하고 있을 때였다.

입국장 문이 열리며 사람들이 나오기 시작했고 기다리던

손님이 경호원들과 함께 나왔다.

"철이 형님! 석훈이 형님!"

엄옥당이었다.

미래에서 그에 대한 얘기를 들어서인지 그가 이틀 전 한국에 놀러 온다는 말을 들었을 때 더욱 친근하게 느껴졌었다.

"어서 와라. 힘들지 않았냐?"

반가움 때문인지 비행이 힘들어서인지 엄옥당의 얼굴은 조금 상기되어 있었다.

엄옥당의 전화를 받고 5분도 되지 않아 엄경필의 전화도 받았는데 그는 엄옥당이 키가 크지 않고 약한 이유가 어린 시절 앓은 병 때문이라 말해주며 잘 부탁한다고 말했었다.

"괜찮습니다. 고작 3시간인데요."

"하하! 그러냐? 형네 집에 남는 방이 많으니 일단 그곳으로 가자. 괜찮지?"

"저도 호텔보다 그 편이 좋아요."

"다행이네. 관광은 내일부터 형이랑 다니자."

"안 바쁘세요?"

"당장 처리할 일은 없어."

미래를 가는 것도 계획이 필요하다는 걸 이번 경험으로 알게 되었다. 아무 때나 갈 수 있다고 함부로 움직였다간 에너지가 떨어져 2017년보다 일찍 죽을 수 있다는 생각이 들자 아무래도 조심스러웠다.

그래서 며칠 쉬면서 앞으로 어떻게 할지 정리해 볼 작정이었는데 그 시간 동안 겸사겸사해서 엄옥당에게 관광을 시켜 줄 생각이었다.

하지만 민종수가 예상보다 일을 빨리 터뜨렸다.

## 제2장

공격당하다

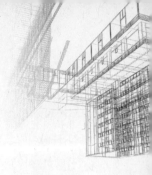

"네에? 내일부터 주식을 팔라고요?"

민종수는 아버지 민서준의 말에 크게 놀라며 외쳤다.

"아직 최고점을 찍으려면 최소 삼사일은 더 남지 않았습니까?"

"최고점에서 파는 건 곤란해. 그리고 내일은 절반만 팔아야 한다. 나머지 절반은 아마 이틀 후쯤 정점을 찍고 내려올 텐데 그때 처리하고."

민종수는 사실 주식에 대해선 무지한 수준이었다. 그러나 사려는 사람은 없고 팔려는 사람만 있다면 가격이 떨어진다는 것쯤은 알고 있었다.

특히 주식의 경우 팔자는 분위기를 타면 걷잡을 수 없이 곤두박질치며 떨어지게 되고 그땐 팔려고 해도 팔 수 없다는 사실을 말이다.

'상당한 이익은 포기하고 위험을 감수하려 하다니……. 노망이라도 든 거야, 뭐야!'

풍년이 들어 과실만 따면 되는 상황에서 나무를 흔들어 익은 과일들을 일부러 떨구는 것과 다름없는 행동이었다.

민종수의 표정에서 자신의 생각을 이해도 못 하고 있음을 안 민서준은 마땅치 않은 표정을 지으면서도 설명을 덧붙였다.

"사기로, 혹은 그와 유사한 행위로 남을 등쳐먹을 때 가장 중요한 것이 무엇인 줄 아느냐?"

민종수는 민서준이 또 무슨 헛소리를 할까 걱정이 되면서도 대답을 했다.

"내가 다치지 않아야 한다고 예전에 아버지께서 말하지 않았습니까?"

"그래. 고작 돈 얼마 때문에 범죄자가 되거나 상종 못 할 인간이라고 찍히면 그다음부턴 더 큰 일은 엄두도 내지 못하는 법이다. 즉, 모든 일을 할 때 돈도 중요하지만 내가 빠져나올 구멍을 만드는 게 우선이란다."

"주식을 최고점이 되기 직전과 최고점을 찍고 하한가를 칠 때 파는 것이 빠져나갈 구멍이라고 말하시는 겁니까?"

"그렇다. 신선제약의 주식은 그동안 널뛰기 장세를 여러 번 거치면서 10배 이상 가격이 비싸졌다. 이러한 사실을 금융감독원에서 몰랐을까? 아마 모르긴 해도 검찰에 고발 조치가 이루어졌을 것이고 검찰이 움직이고 있을 것이다. 아니, 움직이고 있다."

"…그럼 큰일이지 않습니까? 그렇게 팔았다고 해서 검찰이 저희가 한 일을 투자로 볼 일은 만무하지 않습니까?"

"걱정 마라. 검찰은 우리가 한 행동을 보고 분명 투자라고 판단할 테니 말이다."

"아! 힘을 써두신 모양이군요. 한데 떨어지기 시작했는데 주식을 팔 수 있겠습니까?"

"있다."

"예? 떨어지기 시작한 주식을 사줄 곳이 있다고요? 다시 오를 줄 아는 개미들이 감당하기엔 저희가 가진 주식이 너무 많습니다."

"아무튼 그런 곳이 있다."

민종수는 민서준이 별도의 정보원을 가지고 있다는 것만 알았지 별도의 작전까지 생각해 뒀는지는 꿈에도 몰랐다.

자신에게도 숨기려는 듯한 말투에 알 수 없는 서운함이 훅 하고 올라왔다. 그는 서운함을 숨기지 않고 표현했다.

"…저도 못 믿으시는군요?"

"못 믿는 게 아니라 안전장치를 하나 더 마련해 둔 것뿐이다."

서운함이 몸을 잠식하자 모든 것이 마음에 들지 않았다.

지금만 해도 그렇다.

아버지가 자신을 가르치려 한다는 걸 알고 있었다. 하지만 정말로 자신을 가르칠 생각이었으면 이번 일은 온전히 자신에게 맡겼어야 한다고 생각했다.

자신을 바지사장처럼 만들어놓고 이제 와서 가르침을 준다고 설명해 봐야 귀에 들어올 리 없었다.

"어느 정도 이해하겠습니다. 제가 할 일이나 말씀해 주십시오. 어차피 아버님이 시작한 일, 전 돕는 것으로 만족하겠습니다."

"쯧! 못난 놈."

평소였다면 민서준의 질책 어린 말투에 무서워 고개를 숙였을지도 몰랐다. 그러나 오늘은 정말 마음이 상했기에 고개를 반쯤 돌리고 모른 체했다.

그런 민종수를 민서준은 한참을 노려보다가 결국 한숨을 쉰 후 말을 했다.

한때 냉혈의 흡혈귀라고 불렸던 그도 결국 아들은 이기지 못한 것이다.

"내일 주식을 팔기 전 준비해 뒀던 일을 실행해라. 그럼 김철 그놈은 한동안 정신을 못 차릴 터. 그때 우리의 일을 마무리한다."

"…알겠습니다."

민종수는 순순히 대답은 했지만 마음속으로는 대단한 일을 해낸 후 자신이 매번 가르침을 받아야 하는 어린애가 아님을 보여줄 생각이었다.

'다른 방법으로 더 많은 것을 얻을 수 있음을 보여 드리겠습니다.'

고개를 숙인 민종수의 눈은 살기로 번뜩이고 있었다.


*     *     *


─지난번에 간 스테이크 잘하는 집에서 볼까?

엄옥당과 저녁을 먹고 내일 여행에 대한 계획을 짜고 있는데 신유리에게 전화가 왔다.

"무슨 일 있어? 목소리가 약간 떨리는 것 같은데?"

─…그러고 보면 넌 나에 대해 모르는 것이 없는 것 같아.

"관심이 있으니까. 한데 안 좋은 일이야?"

─아니. 그냥 보고 싶어서.

먼저 전화해서 보고 싶다니 신유리가 나에게 완전히 넘어왔나 보다.

"몇 시에 만날까?"

─난 이미 와 있어. 넌 천천히 시간 되는 대로 와. 기다릴게.

"바로 갈게. 빠르면 30분 내에 도착할 수 있을 거야."

서둘러 준비를 해서 대한대학교 근처에 있는 음식점으로 향했다.

신유리는 과거 우리가 항상 앉았었던 자리에 앉아 맥주를 마시고 있었다. 그리고 목소리에서 느껴지던 대로 안 좋은 일이 있는지 표정이 침울해 보였다.

"촬영 있다더니 잘 안 됐어? 그런 일에 일일이 신경 쓰지 마. 좋을 때도 있고 안 좋을 때도 있는 법이잖아."

"왔어? 그것 때문에 그런 건 아니지만 네 목소리 들으니까 좀 나아진다. 저녁 먹을까?"

"응, 그러자. 들어오다 보니까 오늘의 메뉴에 양고기 스테이크가 있더라. 그거 먹을까?"

"양고기? …나 처음 먹어보는데?"

"먹어봐. 분명 좋아하게 될 테니까. 내가 장담해."

"좋아. 이왕이면 레드와인이랑 먹자."

"레드와인 말고 아이스와인이랑 먹어봐. 그게 네 입맛에 맞을 거야."

신유리는 기분이 안 좋을 때 양고기 스테이크를 뜯고는 달콤한 아이스와인으로 입가심을 하곤 했었다.

"네 말대로 맛있어. 기분도 한결 좋아지고 말이야."

"내가 그럴 거라고 했잖아."

양고기 스테이크와 아이스와인을 마신 신유리는 한결 밝아진 모습으로 말했다.

"매번 궁금해. 어떻게 그렇게 나에 대해 잘 아는지. 때론 나보다 더 잘 아는 것 같아."

"왠지 그럴 것 같았거든."

"전생에 혹시 알았던 건 아니고?"

"하하하! 어쩌면 그랬을 수도 있겠다. 널 보는 순간 끌렸거든."

난 신유리의 말에 웃으며 대답했지만 그녀는 웃지 않고 뚫어지게 날 바라볼 뿐이었다.

혹시 내가 계획적으로 접근했다는 걸 알아낸 것이 아닐까 싶었다. 그래서 조심스레 물었다.

"왜? 아닌 것 같아?"

"아니. 너같이 멋진 애가 왜 나 같은 애를 좋아하는지 이해가 되지 않아서 그래. 사실 처음엔 그냥 나랑 하룻밤을 자려고 한다고 생각했었거든. 한데 그런 것도 아닌 거 같고."

두서없이 중얼거리던 그녀는 살짝 입술을 깨물더니 말을 이었다.

"…철아, 오늘 나 너랑 같이 있고 싶어. 네가 싫지만 않다면 말이야."

오늘 신유리가 왜 이상하게 행동하나 했더니 같이 있고 싶다는 얘기를 하려고 그랬던 모양이었다.

"싫을 리가 있나. 집은 손님이 와서 곤란하니 호텔로 갈까?"

"호텔은 너도 나도 곤란하잖아. 혹시나 해서 친구 집을 빌려났는데 그리 갈래?"

"그러지 뭐."

신유리는 꽤나 서둘렀다.

술 한 잔 더 하자는 말에 고개를 젓고는 바로 친구의 집으로 안내했다.

"…너무 초라한가?"

신유리의 친구 집은 안암동 대학가에서 조금 떨어진 곳에 위치한 다세대 주택 옥탑방이었다.

의대를 다니는지 방엔 의학 서적이 여기저기 쌓여 있었다.

"전혀. 이 정도면 훌륭해. 그리고 배려해 줘서 고마워."

호텔을 마다하고 굳이 친구의 옥탑방으로 데려온 이유는 아마 다른 사람의 시선 때문이었을 것이다.

"……."

"……."

막상 침대에 나란히 걸터앉자 어색했다. 신유리도 그런지 고개를 살짝 숙인 채 손만 꼼지락대고 있었다.

'마치 그때 같군.'

내가 하반신 불구였을 때 우리는 집에서 보내는 시간이 많았다.

TV를 보며 웃고 떠들다가도, 장난을 치다가도, 밥을 먹다가도 때때로 지금과 같이 어색해했었다.

처음엔 그럴 때면 서로 키스도 하고 애무도 했었다.

행복했었다.

머릿속에 커다란 종이 울리며 아무 생각도 할 수 없다는 소설 속에 나오는 얘기가 사실임을 알게 되었다.

그러나 행복은 짧았다.

뜨거워진 몸을 풀 수 있는 방법이 없음을 깨달았을 때 행복은 어느덧 절망으로 바뀌었고 허물없던 둘 사이에 어색함이 자리하게 되었다.

그 뒤론 키스는 뽀뽀로, 애무는 손을 잡는 것으로 바뀌었다.

꼼지락거리고 있는 신유리의 손을 잡았다. 가늘게 떨고 있었다.

그때나 지금이나 어색함을 없애기 위해 잡았지만 본질은 달랐다.

그때는 끓어오르는 피를 참기 위해, 지금은 끓어오르게 하기 위해 잡은 것이다.

"나……!"

신유리가 뭔가를 말하려고 할 때 키스를 했다. 그녀가 움찔하긴 했지만 곧 눈을 감고 팔로 목을 감싸왔다.

키스를 하며 난 그녀의 상의 단추를 풀었다. 그리고 그녀의 가슴을 강하게 움켜쥐며 주물럭거렸다.

홍분이 되며 숨이 거칠어진다.

그러나 이건 남자로서의 홍분이 아닌 분노로 인한 홍분이었다.

브라의 후크를 풀었다.

크지도 작지도 않은 복숭아 같은 가슴과 앵두처럼 탐스러운 핑크빛 그것이 보였다.

목을 타고 내려오던 내 입이 복숭아와 앵두를 덥석 물었다.

"악! 천천히… 천천히 해줘."

신유리의 비명이 들리긴 했지만 신경 쓰지 않았다. 난 오히려 더욱 거칠게 그녀의 가슴에 작은 생채기를 만들어갔다.

가슴이 지겨워질 때쯤 내 손은 그녀의 치마를 들치고 팬티스타킹을 찢고 있었다.

오로지 목표가 그것인 범죄자마냥 거칠게 신유리를 다루었다.

그녀의 비밀의 숲이 보였다.

신유리는 본능적으로 손으로 막으려 했다. 그러나 난 그것을 용납하지 않았다.

왼팔로 두 손을 잡아 묶듯이 위로 올린 후 오른손으로는 바지를 벗었다. 그와 동시에 두 다리로 그녀의 다리를 벌렸다.

"하악!"

하나가 되었고 그 순간 신유리의 입에서 거친 숨소리가 들려왔다.

듣기 싫었다.

'닥쳐! 닥치고 그냥 즐기란 말이야!'

신음 소리가 들릴수록 몸을 더욱 강하게 움직였고 그럴수록 소리는 커졌다.

머리마저 아프게 만드는 소리를 멈추게 하고 싶었다. 그래서 가슴을 움켜잡고 있던 손으로 입을 막으려고, 키스를 한 이후로 처음으로 고개를 들어 신유리의 얼굴을 보았다.

"......!"

눈꼬리에서 귀로 눈물이 흐른 자국이 보였다.

환희와 쾌락에 흘린 눈물이 아님을 장담할 수 있었다. 왜냐하면 신유리의 지금 얼굴은 내가 과거 상상하던 모습이 아니었기 때문이었다.

과거에 혹시 모를 기적을 바라며 수백 번, 수천 번 신유리와 자는 상상을 했었다. 그리고 비록 상상에 불과했지만 그 속에서 나도, 신유리도 행복한 얼굴을 하고 있었다.

'이걸 바란 게 아니었는데……'

고개를 돌려 침대 맞은편에 있는 거울을 통해 내 모습을 바라보았다.

신유리와 마찬가지로 전혀 행복해 보이지 않았다.

배신에 대한 그릇된 복수를 하고 있는, 과거 몸이 병들어 있을 때보다 정신적으로 더 병들어 있는 '내'가 거울 속에 있었다.

'내가 지금 뭘 하고 있는 거지?'

그렇게 상상하던 일이 현실이 되었는데 둘 다 전혀 행복하지 않은 얼굴을 하고 있다니 아이러니했다.

별일 아닌 척, 쿨한 척하고 있었지만 내게 상처를 준 것에 대해 똑같이 당하게 해주고 싶다는 생각을 은연중에 하고 있었음을 인정해야 했다.

인정을 하고 나니 부끄러워졌다.

인생이 바뀌면서 나에 대해 아무것도 기억하지 못하는 그녀를 지금까지 농락해 온 것이 비겁하고도 유치한 짓임을 깨달은 것이다.

객관적으로 생각해도 신유리가 잘못한 것은 없었다. 뭐 굳이 있다면 나 같은 놈과 사귄 것이 아닐까.

내가 멍하게 있어서인지 신유리는 눈을 뜨고 날 바라보고 있었다. 그녀는 애써 웃으며 손을 들어 내 볼을 쓰다듬으며 말했다.

"…그런 표정 짓지 마. 우는 것 때문에 그런 거라면 기뻐서 그런 거야. 대신 조금만 부드럽게 대해줄래? 예전의 너처럼 말이야."

"미안, 내가 잠깐 미쳤나 봐."

내 잘못을 안 이상 이제 신유리가 상처받지 않게 끝내는 것이 중요했다. 다른 건 천천히 생각하더라도 일단은 지금 이 순간을 잘 마무리해야 했다.

그리고 이왕이면 과거 내가 상상했었던 행복한 모습을 현실화시키고 싶었다.

지금까지완 달리 부드럽게 그녀를 어루만지며 천천히 키스
했다.

*　　　　*　　　　*

잠에서 깨어 눈을 뜨자 낯선 천장이 가장 먼저 눈에 띄었
다.

'…아! 여긴 유리 친구 집이지.'

눈은 떴지만 여전히 잠에 취해 있는지 한참 멍하니 생각한
후에야 현 위치가 떠오를 만큼 머리 회전이 더뎠다.

시간을 확인하니 아침 10시.

아무리 힘든 일을 하고 새벽 4시에 잠들어도 5시면 절로
눈이 떠지는 나답지 않게 너무 오래 잔 것이다. 게다가 쉽게
잠이 깨지 않은 것이 마치 약에 취한 것 같았다.

'혹시 어제 신유리가 준 음료수에 수면제가 있었나?'

꽤 그럴싸한 생각이었다.

물론 늦게 일어났다고, 수면제가 들어 있는 음료수를 줬다
고 해도 그녀를 탓할 생각은 없었다.

간만에 푹 자서인지 나른한 몸 상태가 왠지 기분을 좋게 했
기 때문이다.

'한데 유리는 갔나?'

인기척이 전혀 느껴지지 않고 있었다.

좀 더 누워 있고 싶다는 생각이 간절했지만 신유리가 갔다면 나도 빨리 움직여야 했다.

침대에서 일어나 아무렇게나 벗어놓은 옷을 찾는데 바지 위에 쪽지가 놓여 있었다.

신유리가 먼저 가면서 남겼나 보다.


─우리 여기까지만 하자.


접혀 있는 쪽지를 펴자 이 한 문장이 적혀 있었다.

"…이거 이별 통보 맞지?"

스스로에게 질문을 던졌다. 그리고 대답은 '그런 것 같다'였다.

예전과 같은 충격은 없었다. 아니, 어떻게 마무리를 해야 될까 고민하던 나에게는 사실 희소식이었다.

그녀를 향한 미움을 한 걸음 뒤에서 바라볼 수 있게 되면서 사랑도 한 걸음 뒤에서 볼 수 있었다. 그녀와 함께했던 과거는 이제 나 혼자만의 추억이었다.

한데 충격은 없었지만 의문은 있었다.

어제까지만 해도 나에게 넘어온 것 같던 신유리가 뜬금없이 이별 통보라니 아무래도 이상하지 않은가.

'그리고 보니 어제부터 조금 이상하긴 했어. 예전의 너라고 표현한 것도 그렇고. 설마……? 에이~ 아닐 거야.'

문득 그녀가 방찬회처럼 과거를 기억하는 건 아닐까 하는 생각이 들었지만 고개를 저었다.

과거를 기억한다면 그동안 날 완벽하게 속여왔다는 것인데 그런 기색은 어디에도 없었다.

그저 어젯밤 일 때문에 민종수에게 죄의식을 느껴 이런 쪽지를 남겼을 가능성이 높았다.

"참! 오늘 옥당이에게 서울 구경시켜 주기로 했는데."

둔해진 머리를 가볍게 때린 후 얼른 옷을 입고 옥탑방을 나섰다. 그리고 택시를 타고 바로 집으로 향했다.

"잔돈은 됐습니다. 감사합니다."

택시 기사에게 돈을 지불하고 내렸다. 그리고 집으로 들어가려 할 때였다.

짧은 머리에 덩치 큰 사내들이 나를 에워싸듯이 다가왔고 그들 틈으로 30대 초반쯤 되어 보이는 무게감 있는 사내가 나오며 물었다.

"김철 씨죠?"

"그렇습니다만 누구시죠?"

사내의 살짝 올라간 입꼬리와 귀찮은 듯한 눈빛이 사람을 얕잡아 보는 듯했다. 그에 어디에서 나온 이들인지 예상이 됐다.

"서울지검 금융조사팀에서 나온 홍운표입니다. 당신을 주가조작 및 금융거래법 위반 혐의로 체포합니다. 이것이 체포

영장입니다. 당신은 묵비권을 행사할 수 있으며 불리한 진술
을……."

홍운표는 미란다원칙을 기계적으로 읊었다.

'빌어먹을. 설마 이딴 식으로 일을 시작할 줄이야.'

민종수가 내가 투자한 돈으로 아직 주식 매입을 시작하지
않았다고 해서 좀 더 있다가 시작할 줄은 알았는데 예상보다
빨리 일을 시작한 것이다. 게다가 공권력까지 동원할 줄은 꿈
에도 몰랐다.

'일단 허진경에게 알려야 해.'

그녀라면 알아서 피해를 최소화하며 처리해 줄 것이 분명
했다.

전화기를 꺼내 버튼을 누르려는 찰나 수사관들이 내 손목
을 잡았다. 그리고 스마트폰을 뺏으며 말했다.

"이제부터 어떠한 통화도 불가능합니다."

"변호사에게 전화하려는 겁니다. 미란다원칙은 형식적으로
읊은 겁니까?"

"그건……."

수사관이 우물쭈물대자 홍운표가 소리쳤다.

"야야! 주가조작을 위해 하는 전화일 수도 있잖아요? 씨발!
그리고 지금 대단한 분을 우리가 모시고 가는 겁니까? 용의
자를 데려가는 거잖아요! 빨리 차에 태워요."

수사관에게 소리치는 건지 나에게 소리치는 건지 모를 외침

이었다.

한데 욕을 할 때 그의 눈이 나를 향하고 있었고 내 기분이 나쁜 것을 보면 분명 나에게 한 소리였다.

나는 그런 홍운표를 향해 한마디 하려 했지만 그럴 새도 없이 차에 태워졌다.

차에 오른 지 얼마나 됐을까, '띵! 띵! 띵!' 하는 소리가 연속적으로 들려왔다.

주식이 체결되고 있다는 소리였다.

"이게 무슨 소리야?"

수사관 한 명이 두리번거리며 중얼거렸다.

"300억이 증발되고 있는 소립니다. 잠깐이라도 제 전화기를 주십시오. 통화를 하려는 게 아니라 자금을 동결시키고 돌려드리겠습니다."

난 정중히 부탁했다.

그러나 그들은 잠깐 눈치를 보다가 스마트폰의 전원을 꺼버렸다.

어이가 없었다. 그리고 한편으로 속이 부글부글 끓어올랐다.

"훗! 감사합니다."

계획적으로 잡아가는 것이라면 그저 순응하는 길밖에 없다는 생각이 들었다.

'그래, 어디까지 가나 보자.'

어떤 결론이 날지 모르지만 이 일에 연관된 사람에겐 반드시 그 책임을 물을 생각이었다.

"여기서 기다리십시오."

그들은 취조실에 나를 데려다놓고는 기다리라는 말만 남기고 가버렸다. 그리고 2시간이 지나도록 코빼기도 보이지 않았다.

한데 나에겐 생각을 정리할 수 있는 꽤 유익한 시간이었다.

홍운표 검사가 민종수 패거리와 모종의 거래가 있었음을 확신할 수 있었고 마음가짐을 다잡을 수 있었다.

'민종수 뒤에 누군가가 있는 게 분명해. 설마… 그의 아버지인가?'

민종수의 아버지 민서준은 똑똑한 자였다.

나의 경우는 미래를 알아서 우당과 내 재산을 불렸지만 그는 스스로의 힘으로 비자금을 이용해 재벌 못지않게 키워낸 것만 봐도 알 수 있었다.

'그가 꾸몄다면 현 상황이 이해가 되는군.'

나는 민종수를 내가 준비해 둔 무대로 판을 끌어들이려 했으며 주식은 절대 하지 않겠다고 했었는데 어느새 민종수가 준비한 무대에서 주식을 하고 있었다.

현 상황까지 온 결정적인 원인은 난 민종수에 대해 잘 아는데 그는 나에 대해 모른다는 것에서 온 자만이었다.

'게다가 장점을 버리고 되지도 않는 머리를 써서 복수를 하

겠다고 생각한 것이 난센스였지.'

양상수와 방찬희를 이용하기로 할 때부터 느끼고 있던 바였다. 그리고 미래의 류성철을 보고 확실하게 알게 되었다.

어설프게 머리를 쓰는 것보다 압도적인 강함으로 밀어붙이는 것이 일을 쉽게 만든다는 것을.

"검사님이 바쁘셔서 조사는 조금 이따가 시작하신답니다. 일단 점심시간이니 식사부터 하시죠."

수사관은 여러 개의 광고 전단지를 테이블 위에 올려줬다.

"밥을 먹기 전에 전화를 한 통화 하고 싶습니다. 물론 내가 뭔가 지시를 내릴 것이 걱정된다면 스피커폰으로 해도 상관없습니다."

기대하고 한 말은 아니었다. 짐작건대 이들은 일이 끝날 때까지 날 잡아두는 것이 목적일 것이다.

아니나 다를까 수사관은 불친절한 식당 종업원처럼 아무 말 없이 주문하기를 기다렸다.

"하긴 댁이 무슨 힘이 있겠습니까. 근데 여기 일식도 됩니까?"

광고 전단지에 일식집 전단지도 있었다.

일식을 보자 문득 얼마 전에 본 아끼코가 생각났다. 그땐 그녀의 싸늘한 분위기 때문에 도망치듯 나왔는데 당시 그녀가 이상한 얘길 했던 것이 기억났다.

'내 이름 때문에 날 광고 모델로 선택했다고 했었지?'

물론 별것 아닐 수도 있었다. 김철은 흔하다면 흔한 이름이었고 그녀의 첫사랑이, 혹은 친한 사람의 이름이 김철일 수도 있었다.

'다음에 제대로 사과를 해야겠어.'

일식 전단지를 옆으로 치워두듯이 사과를 하겠다는 생각도 일단은 머리 한쪽으로 치워뒀다.

주문이 늦어지자 수사관이 안절부절못하는 것이 이곳에 오래 머무르면 안 되는 모양이었다.

"자장면이라도 시켜뒀습니까? 특 갈비탕으로 부탁합니다."

그는 내 농담에 살짝 당황하더니 나가 버렸다. 그리고 15분 후쯤 볼 옆에 춘장을 묻힌 채 갈비탕을 들고 들어왔다.

"……."

정말 자장면이 퍼질까 걱정해서 안절부절못했던 것이다.

아무튼 점심을 먹고 나서도 기다림은 계속됐다. 지루함에 1시간쯤 졸고, 2시간쯤 생각도 했지만 시간은 더디게만 갔다.

결국 호흡법과 수련을 하고 있을 때 다시 문이 열리며 누군가가 들어왔다.

"저녁은 칼국수로 하죠."

6시 10분 전이었기에 당연히 수사관이라고 생각하고 말했는데 홍운표였다.

"아~ 씨발! 여기를 식당 겸 체육관으로 아는 개념 없는 놈이 있을 줄이야. 세상 참 좋아졌다."

이번엔 확실히 나를 향한 비아냥거림이었다.

"아~ 씨발! 사람이 좋게 받아주니까 누굴 홍어 거시기로 아네. 민주 검찰 참 좆같아졌다."

난 그를 못 본 척 큰 소리로 중얼거렸다.

"이, 이 새끼가……"

"어라? 홍운표 검사님이셨습니까? 난 또 어떤 개새끼가 짖는 줄 알고."

"너! 여기가 어딘 줄 알고 그따위로 나오는 거야? 지금 빌어도 시원찮을 판국에 나랑 한번 해보자는 거야, 뭐야?"

"죄를 지었으면 벌을 받아야죠. 검사님한테 빌 일은 없을 겁니다. 한데 심문을 하러 온 겁니까, 아님 퇴근을 알리러 온 겁니까?"

"이 새끼가. 지금 네 큰아버지를 믿고 그러는 모양인데 인생 종치고 싶어서 작정을 했구나? 오냐. 네가 언제까지 그렇게 나오나 보자."

꽝!

그는 씩씩대며 문을 닫고 가버렸고 난 이미 사라져 버린 그를 향해 큰 소리로 외쳤다.

"저녁 주문은 받고 가야 하지 않습니까?"

현 상황으로 볼 때 내가 위법행위를 했다는 증거를 홍운표 검사가 가지고 있을 가능성이 높았다.

추측에 불과하지만 권호진은 내가 투자한 돈으로 불법적으로 주식을 사고팔았을 것이고 그 증거를 홍운표에게 넘겼을 것이다.

그러나 그 역시 나를 체포하면서 미란다원칙을 위반했고 일이 확대되는 것을 바라지 않을 것이다.

아마 내 예상이 맞는다면 그는 내 위법행위를 그의 위법행위와 퉁치려고 할 것이 분명했다.

즉, 그가 지금 할 수 있는 일이라곤 48시간 동안 날 감금하는 것밖에 없었다.

"아! 근데 여기서 자라는 건 아니겠지? 젠장! 너무 낡은 거 아닌지 모르겠네."

홍운표가 속이 밴댕이 소갈딱지라는 내 예감은 적중했다. 난 간이침대도, TV도 없는 취조실에서 하룻밤을 보내야 했다.


다음 날, 아침을 먹고 10시쯤 되자 큰아버지와 허진경이 검찰로 왔다. 나도, 홍운표도 예상하지 못한 일이었다.

"제가 여기 잡혀 있는 건 어떻게 아셨습니까?"

"여기 있는 진경이가 어제 너랑 연락이 안 된다고 검찰 쪽으로 알아봐 달라고 해서 알았다. 괜찮으냐?"

역시 똑똑한 여자였다.

나는 약간 걱정스러운 눈빛으로 날 보고 있는 허진경에게 고마움을 표한 후 대답했다.

"괜찮습니다. 괜한 걱정 끼쳐 드려 죄송합니다."

"진경이에게 어느 정도 얘기를 들었다만 사소한 원한 때문에 스스로를 망치는 일만큼 어리석은 일은 없다."

"명심하겠습니다."

"한데 일이 생겼으면 바로 연락하지 뭐 한다고 전화도 하지 않은 게냐?"

"저를 이틀간 이곳에 잡아두고 싶어 하는 사람들이 있어서 전화를 드릴 수가 없었습니다."

"…그러냐? 담당 검사와 얘기를 하고 올 터이니 넌 진경이랑 잠깐 얘기나 하고 있으렴."

거의 30년을 가까이를 검찰에 계셨던 분답게 내가 하는 말만 듣고 어떤 상황인지 이해를 하셨는지 가볍게 인상을 쓰면서 일어나셨다.

"와줘서 고마워. 지루해 죽는 줄 알았어."

큰아버지가 나간 후 허진경에게 너스레를 떨었다.

"치! 이런 상황에서 농담이 나와요?"

"이깟 일로 울 수는 없잖아. 내가 검찰에 있는 걸 눈치챘다면 주식은 처리했겠네?"

"네. 갑자기 상당량의 주식이 시장에 나와서 이상하다 싶어 연락을 드렸는데 안 받으시더라고요. 그래서 가지고 있던 모든 주식을 나눠서 매도해 버렸죠. 이곳에 오기 전 마지막으로 가지고 있던 것까지 팔았어요."

"주식은?"

"그게… 좀 이상해요. 떨어질 줄 알았는데 여전히 어제 가격을 유지하고 있어요. 팔자 주문이 꾸준히 나오는데도 누군가가 계속 매입을 하고 하는 것 같아요. 하지만 그것도 오늘이 고비가 될 듯해요."

"하하! 잘했네."

"지금 웃음이 나와요? 제가 본 이득은 100억도 안 돼요. 이 사장님 돈은 그대로 날리게 될 텐데……."

"나중에 보면 알 거야. 그리고… 아니다. 어차피 한동안 주식이 곤두박질칠 테니 나가서 얘기하지 뭐."

주가가 떨어지면 주식을 매입하라고 말하려다 급한 일이 아니었기에 화제를 돌렸다.

"가방에 든 거 신문이지? 그거 좀 줘봐. 이곳에 좀 더 있어야 하는데 심심해 죽겠다."

"…이거요? 지금은 안 보는 게 좋을 텐데요?"

"…왜? 무슨 기사가 났기에?"

난 얼른 허진경에게서 신문을 빼앗아 펼쳤다.


[연예인 지망생 S씨, 배우이자 기획사 대표인 K씨에게 성 상납.]


자극적 타이틀과 사법고시, 무술 실력까지 언급해서 누가 보더라도 K씨가 나라는 것을 알게 기사가 적혀 있었다.

민종수의 공격은 여전히 진행 중이었다.

이틀을 꼬박 채우고 서울지방검찰청을 나섰다.

"김철 씨, 스캔들에 대해 한마디 해주십시오!"

"S양 사건에 대해 사진과 녹음 파일을 공개하셨는데 그것에 대해 한마디 해주십시오."

"주가 조작으로 검찰에 조사를 받으셨는데 어떻게 되신 겁니까?"

"우당의 이사장이라는 얘기가 떠돌던데 진의를 밝혀주십시오."

수많은 기자들과 카메라들이 검찰청 앞에서 대기하고 있다가 몰려들었다.

"정말 하실 거예요? 그냥 조용히 넘어가면 곧 잊힐 텐데요."

경호원들이 막아서는 동안 허진경이 걱정스러운 얼굴로 물었다.

"난 떳떳해. 괜히 소속사 배우와 가수들에게도 피해 주기 싫고."

민종수는 S양, 선우희를 내세워 날 파렴치한으로 만들었고 이어 중국에서 류성은과 함께 있는 사진으로 스캔들까지 터뜨렸다.

난 바로 반격에 나섰다.

허진경에게 미국 여행 갔을 때 선우희와 찍은 사진과 혹시 몰라 녹음해 뒀던 파일의 위치를 알려주고 공개해 직위를 이용해 성 상납이 아닌 그녀의 유혹에 섹스를 했음을 밝혔다.

그에 TV는 보지 못했지만 지금 종합편성채널과 인터넷엔 온통 내 얘기뿐이라고 들었다.

그에 근처 호텔을 빌려 기자회견을 준비했다.

허진경이 기자회견을 한다고 밝히자 기자들은 머뭇거리지 않고 내 차를 따라 호텔로 왔다.

기자회견을 못마땅해하면서도 허진경은 완벽한 준비를 해 놓았다. 그저 도착해서 기자들이 자리하길 기다렸다가 옷만 갈아입고 들어가면 됐다.

"일단 지극히 개인적인 일로 이렇게 기자회견을 하게 되어 죄송합니다."

이민기 부사장과 허진경이 같이 자리하겠다고 했지만 사양하고 연예인으로서 최소한의 예의를 지킨 후 홀로 자리에 앉았다.

"질문받겠습니다."

"할 말이 있으면 먼저 하는 것이……?"

아무 말 없이 질문을 받겠다고 하자 앞에 앉은 기자가 얼떨떨해하며 말했다.

"전 사실 할 말이 없습니다. 이미 제가 잘못한 것이 아니라고 밝혔고요. 다만 TV를 시청하는 분들과 여러 기자님들이 궁금한 것이 많은 것 같아 기자회견을 하는 것뿐입니다."

"······!"

기자들은 아연한 얼굴로 나를 바라보다가 잠시 후 정신을 차리고 웅성거렸다.

가장 먼저 정신을 차린 기자가 말했다.

"공인으로서 국민들에게 사과를 할 것이 없다는 말입니까?"

"전 공인이 아닙니다. 언제부터 배우가 국가의 녹을 먹는 공인이 된 겁니까? 전 그저 시청자와 국민께 받은 관심과 사랑에 대한 책임감에, 난무하는 거짓 소문보단 정확한 사실을 알려 드리는 것 또한 배우로서 할 일이라고 생각했기에 이 자리에 서게 된 것입니다."

"···험! 정확하게 말하면 공인은 아니죠. 어쨌든 묻겠습니다. 모그룹 영애와 열애설이 터졌는데 사실 여부를 알고 싶습니다."

"결론부터 말씀드리자면 친구입니다. 광고 촬영차 중국에 갔다가 잠깐 만난 것뿐입니다."

"그것참 공교롭군요."

"사실입니다. 사인회를 가졌고 그 후 저녁을 사겠다고 해서 같이 저녁을 먹고 술을 먹었습니다. 파파라치가 호텔로 데려다주고 아무 일 없이 간 사진은 왜 안 찍었는지 모르겠습니다. 아무튼 호텔 이름을 가르쳐 드릴 테니 CCTV를 확인해 보서도 좋습니다."

"정말 아무 일 없었습니까?"

기자들 중 일부는 사실 여부보단 좀 더 자극적인 기사회견이 되길 바라는지 집요했다.

무시했다.

잘못된 기사를 쓴다면 나보다 류성은이 길길이 날뛸 게 뻔했기 때문이었다.

"김철 씨가 어제 밝힌 증거물에 대해 S양 측은 아직 말이 없습니다만 그녀가 왜 성 상납을 했다고 말을 했을까요?"

"글쎄요. 저도 그게 궁금합니다."

"한데 자료를 보면 관계를 했는지 여부에 대해서는 나와 있지 않던데 했다고 인정하십니까?"

기자들보다 뒤에서 초조하게 지켜보고 있던 허진경이 마치 두루뭉술하게 말하라는 듯 손짓을 했다.

그러나 무시하고 대답을 했다. 문득 최정연의 얼굴이 떠올랐지만 그마저도 무시했다.

"했습니다. 성인 남녀가 같이 여행을 가서 서로 마음이 맞았고 서로 동의하에 사랑을 나눴습니다. 만일 제가 불만족스러웠다고 신문에 밝혔다면 할 말이 없었을 겁니다. 한데 직위를 이용해 강제하다니요? 그래서 지극히 개인적인 일이었음에도 사실을 밝힌 겁니다."

기자들 사이에 간간이 웃음소리가 들렸다. 그에 허진경은 눈을 질끈 감으며 고개를 저었다.

"이건 개인적인 질문입니다만 남자로서 꽤 자신이 있으신 말투로군요?"

짓궂은 질문이었다. 그러나 기자들은 그런 질문을 한 기자를 탓하기는커녕 꽤 흥미롭다는 듯 보고 있었다.

'남의 연애사에 왜 이렇게들 관심이 많은지. 훗! 그나저나 오늘로 배우 생활은 종지부를 찍겠군.'

선우희의 기사가 떴을 때 어느 정도 마음을 접은 상태였다. 그래서 지금까지 기자들의 질문에 솔직히 말한 것이었다.

얼마 전에야 배우라는 직업의 매력을 알게 되었는데 아쉽기는 했다. 그러나 때론 버릴 줄도 알아야 했다.

"개인적인 질문이니 개인적으로 답하죠. 저 생각보다 죽입니다."

오오오~

약간의 의심, 약간의 비웃음, 약간의 감탄이 섞인 요상한 감탄사가 터져 나왔다.

"하하하! 증명할 수 있습니까?"

"확인할 수 없다고 너무 마음대로 얘기하는 거 아닙니까?"

장난스러운 질문이 쏟아졌다. 취조를 당하는 것 같은 무거운 분위기가 싫어 장난을 친 거지 우습게 보이려고 한 건 아니었다.

"개인적인 농담은 여기까지 하고 다시 본론으로 들어가죠.

이틀간 수사를 받아 좀 피곤합니다."

선을 긋자 기자들도 금세 농담을 멈추고 다시 질문을 했다.

"이틀간의 검찰 조사가 주가조작 때문이라는 얘기가 있던데 사실 여부를 알고 싶습니다."

"투자였습니다. 운이 없었는지 투자를 한 기업에 작전 세력이 붙었던 모양입니다. 그래서 조사를 받았고 무혐의 처분을 받았습니다."

"제가 알기론 회생 불가능한 회사라고 들었는데 확실히 투자가 맞습니까?"

"차후에 확인해 보시면 될 겁니다."

"우당의 이사장직을 맡고 있다는데 지금까지 함구해 온 까닭은 무엇입니까?

"제 아버지의 유훈을 받아 얼마 전에야 우당에 대해 알게 되었고 그 자리에 앉게 되었습니다. 아직까지 일을 알아가고 있는 정도니 가급적 추측성 보도는 삼가주셨으면 합니다."

이후로 10분 정도 질문을 더 받았지만 기자들도 더 이상 물을 것이 없는지 같은 얘기가 반복되었다.

난 피곤하다는 듯 미간을 꾹꾹 눌렀다.

회견장에 들어오기 전 허진경과 입 맞춰둔 것으로 기자회견을 끝내라는 신호였다.

허진경은 단상으로 나와 정리 멘트를 했다.

"마지막으로 질문받고 이만 기자회견을 끝마치도록 하겠습니다. 저기 손드신 분 말씀하십시오."

"J일보의 소정봉입니다. 제가 얼마 전 김철 씨에게 도움을 받았다는 분에게 전화를 받았습니다. 그분은 김철 씨에게 비밀로 해달라는 부탁을 받았지만 너무 고마워 뭐라도 해야겠다는 심정으로 저희 신문사로 전화를 했더군요."

뜻밖의 질문에 허진경을 봤다. 왠지 기자와 짠 듯한 느낌이 너무 났기 때문이었다.

"그냥 모른 척 대답하세요. 조작한 것도 아니고 실제로 이 사장님이 한 일을 덮어두고만 있는 건 너무 아깝잖아요."

내가 뭐라고 할까 싶었는지 허진경은 귓속말로 빠르게 속삭인 후 멀찍이 떨어졌다.

그러는 동안 소정봉 기자의 질문은 계속됐다.

"솔직히 훈훈한 일이긴 하지만 한 가지만으론 기사화하긴 곤란했습니다. 한데 그분 말씀이 자신이 아는 것만도 몇 가지는 된다고 하더군요. 그래서 알아봤더니 배우가 되기 전부터, 우당의 이사장직을 맡기 전부터 10억 가까이 기부와 도움의 손길을 줬더군요. 이에 대해 한마디 들을 수 있을까요?"

염의 에너지를 얻기 위해, 혹은 테스트를 위해 했던 일들이 도움이 될 줄은 몰랐다.

허진경의 말처럼 이런 상황에서 숨길 이유가 없다는 생각에 입을 열었다.

"이거야, 참. 생색내는 것 같아 조용히 하고 있었던 일을 찾아내다니 대단하시네요. 사실 얼마나 도왔는지는 모르겠습니다. 다만 시청자와 팬들의 사랑으로 번 돈이 모두 제 것이라는 생각이 들지 않았습니다. 그래서 그 일부라도 돌려 드리고 싶어서 한 일이었습니다. 제가 그분들을 도왔다기보다는 시청자분들이 도왔다는 게 정확할 겁니다."

말하는 내 얼굴이 화끈할 정도로 가식적인 말이 술술 나왔다.

"혹시나 이 일을 기사화할 분들이 계시다면 부디 실명을 거론해서 그분들에게 상처가 되지 않게 해주셨으면 합니다. 이상입니다. 다시 한 번 국민 여러분의 심기를 거슬리게 한 점 사과드립니다. 그리고 이곳까지 찾아와서 핑계와 같은 제 말을 들어주신 기자 여러분께 감사드립니다."

충분한 답변이 되었는지 더 이상 따라오는 기자들은 없었다.

"미리 언급이라도 하지 그랬어."

허진경이 한 일에 대해 가볍게 질책했다.

"미리 말했으면 하지 말라고 하셨을 테니까요."

"그랬겠지. 굳이 낯 뜨거운 일을 언급하지 않아도 충분했으니까."

"전 아까 이사장님이 당당하게 여자랑 잤다고 말한 게 더 낯 뜨거웠는데요?"

"남들도 다 하는 일을 이름이 좀 알려진 사람이 하면 부끄러운 일인가? 그리고 이미 알 만한 사람은 다 아는 얘긴데 감추려 한다고 감춰지겠어?"

"누군가가 들으면 가슴 아플까 봐 그랬죠."

"……."

허진경이 언급한 누군가는 최정연일 것이다.

"전화라도 해보세요. 아마 초조하게 기다리고 있을 거예요."

"…그래야지."

차를 타고 집으로 가면서 전화를 할 생각이었다. 그러나 확인할 것이 있어 잠시 미뤄야 했다.

"어제 내가 신선제약 주식을 매수하라고 한 건 어떻게 됐어?"

"가격이 떨어지면 매수하려는데 기자회견 전까진 낙폭이 크지 않아 지켜보고 있었어요. 어디 보자……. 어라?"

"왜?"

"20분 전부터 떨어지기 시작했는데 벌써 10퍼센트가 빠졌어요. 가격을 받치고 있던 사람도 드디어 포기를 했나 봐요."

"가격을 받치고 있던 사람이 있었어?"

"정확히는 어디 기관 같은데 어제부터 오늘까지 전체 주식의 20퍼센트 가까이 나왔는데 그 주식을 모조리 사들이는 것 같더라고요. 완전히 미쳤다고 생각했는데 그 기관도 오판이라는 걸 알았는지 더 이상 매입하지 않나 봐요. 본격적으로 떨어지기 시작했어요."

"나만 당한 게 아닌가 보네."

한편으로는 나 말고도 당한 사람이 있다는 것에 씁쓸하면서도 다른 한편으론 대단하다는 생각이 들었다. 이런 자들을 공부만 하고, 깡패 짓만 하던 내가 이길 수 있을 거라고 생각한 것 자체가 웃겼다.

'다행히 조금이라도 일찍 깨달았기에 망정이지 손도 못 쓰고 당할 뻔했어. 민종수! 이겼다고 생각하겠지만 이제부터 시작이다.'

이제 당한 만큼 돌려줄 때였다.

하지만 그런 생각을 한 지 5분도 되지 않아 다시 강한 펀치를 허용했다.

"어? 부이사장님이네?"

최정연에게 전화를 걸려는데 허종욱이 전화를 했다.

—이사장님……. 당장 우당으로 와보셔야겠습니다.

무겁게 가라앉은 목소리로 그는 우당에 일어난 일을 설명했다.

"…당장 가겠습니다. 우당으로 가주세요."

"우당에 무슨 일이 생겼대요?"

허종욱만큼은 아니어도 내 목소리도 가라앉았는지 허진경이 조심스레 물어왔다.

숨길 일이 아니었기에 말해줬다.

"완전히 미친 기관이 우당이래."

"네?"

"지난 이틀 동안 신선제약의 주식이 떨어지는 것을 받치고 있던 곳이 우당이라고."

"에? 설마……!"

허진경은 놀라는 표정이 귀여운 만화 캐릭터처럼 보여 웃지 않을 수 없었다.

"하하… 하하하… 하하하하하!"

"…지금 웃음이 나와요?"

허진경이 이상하다는 듯 쳐다봤지만 난 웃음을 멈추지 않았다.

그러나 사이드미러로 비치는 내 눈은 싸늘하기 그지없었다.

# 제3장

## 받은 만큼 돌려주기

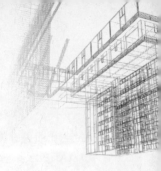

"투자였습니다. 운이 없었는지……."

TV를 보고 있던 민서준은 김철의 입에서 투자라는 말이 나오자 회심의 미소를 지었다.

얼마간의 이익을 포기하면서도 문제를 최소화하기 위해 노력한 것이 결국엔 뜻대로 된 것이다.

일반인에게 사기를 칠 때는 돈이 많이 나오게만 하면 된다. 그다음은 권력자들이 알아서 가진 자들의 편에 서기 때문이다. 그러나 비등하거나 혹은 더 많이 가진 자들에게 사기를 칠 땐 돈이 나온 다음의 명분과 안전이 우선이었다.

'쯧! 저 녀석이 그런 걸 알아야 할 텐데.'

민서준은 TV와 스마트폰을 보며 인상을 쓰고 있는 민종수를 보며 못마땅하다는 표정을 지었다. 자신의 머리를 반쯤만 닮았어도 좋을 텐데 닮은 건 얼굴과 성격뿐이었다.

그래도 죽으나 사나 자신의 유일한 혈육. 한 가지라도 더 가르치려고 입을 열었다.

"일이 잘 풀렸는데 뭐 때문에 그리 인상을 쓰고 있는 거냐?"

"정말 억세게도 운이 좋은 놈입니다."

"어떤 면에서 말이냐?"

"성 상납 의혹으로 온통 욕뿐이었는데 기자회견이 방송된 후에 분위기가 완전히 바뀌었습니다. 솔직하다는 둥, 자신감이 넘친다는 둥 하면서 말이죠."

종합편성채널에선 그가 S양과 잠을 잤다는 개인적인 말까지 방송에 내보내며 김철에 대해 말하고 있었다.

"배우라는 것이 그에게 얼마나 의미가 있겠냐? 그런데 그는 배우라는 직업 때문에 행동에 제약을 받을 게 분명하다. 공개적으로 절대 이번 일을 걸고넘어질 수 없게 되었으니 우리로서는 전혀 나쁠 게 없는 일이다."

"압니다. 하지만… 전 놈이 철저히 망가졌으면 좋겠습니다. 아버지도 그러셨잖습니까? 한번 이를 드러낸 놈은 다시 드러낼 수 있으니 완전히 싹을 뽑으라고요."

'상대를 보고 하라는 말은 잘도 빼먹는군.'

때에 따라선 엎드릴 줄도, 독할 줄도 알아야 한다고 가르친 것을 제멋대로 해석하고 있었다.

한마디 할까 하다가 오늘같이 좋은 날 현재의 기분을 계속 가져가고 싶었기에 화제를 돌렸다.

"우동희와 권호진은 어떻게 됐냐?"

"두 사람은 지금쯤 각각 중국과 필리핀에 도착해서 한동안 지낼 집을 구하고 있을 겁니다. 한데 그들에게 그리 많은 돈을 줄 필요가 있었습니까?"

이번 일로 그들은 각각 20억씩 챙겼다.

민종수는 그 돈마저 아까운 모양이었다.

"어리석은 소리. 죽이는 건 쉽다. 내가 이 바닥은 좁다고 말했었지? 일을 시켜놓고 죽이면 다음부터 누가 우리랑 일하겠냐? 그리고 보상이 확실해야 다음에도 이용할 수 있는 법이다. 외국에 얼마나 살아야 할지 모르는데 그 정도는 줘야지."

"그깟 놈들 없다고……."

"어째 넌 어릴 때는 머리를 쓸 줄 알더니 갈수록 힘에 의존하느냐! 누차 얘기했지만 세상엔 수많은 강자들이 존재한다고 하지 않았느냐! 힘만 믿다가 힘에 당하게 되는 게 세상 이치다!"

"…명심하겠습니다."

결국 큰 소리를 내고 마는 민서준이었다. 그러나 민종수는 언제나 그랬듯이 전혀 납득하지 못한 얼굴을 한 채 입으로만 알겠다고 대답했다.

'정말 아들만 아니면······.'

속이 부글부글 끓어올랐다.

언제나 이럴 때면 그저 노려보거나 대화를 끊고 자리를 옮기는 것으로 화를 삭였지만 오늘은 도저히 참을 수가 없었다.

그래서 한마디 더 하려는데 전화벨이 울렸다.

만일 전화벨이 울리지 않았다면 난생 처음 매를 들었을지도 몰랐다.

─회, 회장님. 크, 큰일 났습니다! 은지명이 사라졌습니다.

"뭐! 은지명이 사라져?"

민서준은 자리에서 벌떡 일어나며 소리쳤다.

은지명은 신선제약 사장으로 사채 빚에 허덕이는 자였다. 민서준은 그런 그의 사채 빚을 대신 갚아주는 대신 신선제약 주식을 받았고 그를 이번 작전의 바지사장으로 내세웠다.

문제는 세금과 여러 가지 이유로 주식의 명의와 통장 명의가 여전히 은지명의 이름으로 되어 있다는 것이었다.

즉, 은지명이 사라졌다는 건 그의 주식 소유분인 30퍼센트에 해당하는 돈의 행방이 묘연해졌다는 얘기와 다를 바가 없었다.

그러니 민서준이 놀랄 벌떡 일어날 수밖에.

"철통같이 24시간을 지키고 있었을 텐데 어떻게 사라져?"

민서준은 은지명이 허튼짓을 할 수 없도록 두치파에게 24시간 감시하게 하는 것도 부족해 가족까지 인질로 잡고 있었다.

—그, 그게…….

"똑바로 얘기하지 못해!"

—죄송합니다. 스, 습격을 당했습니다.

"이… 이… 병신 같은 놈들! 그놈 가족들은?"

—그쪽도 마찬가지입니다.

"……!"

민서준은 망연자실한 표정으로 다리에 힘이 풀린 듯 소파에 털썩 주저앉았다.

"…아, 아버지, 왜 그러세요?"

민종수는 갑자기 고함을 지르다 쓰러지듯 주저앉는 민서준의 모습에 걱정스럽게 물었다.

민서준은 아무 대답도 하지 않았다. 그리고 오래지 않아 망연자실하던 얼굴은 점점 평소의 냉철한 모습으로 돌아왔다.

'습격을 당해 은지명이 도망갔다? 또한 숨겨져 있던 그의 가족들도 함께? …너무 공교롭고 이상한 일 아닌가. 두치, 이놈이 설마 배신을……?'

그러지 않고서야 이런 상황이 나올 수가 없었다.

—…회장님? 회장님!

민서준이 말이 없자 전화를 한 자는 그에게 혹시 무슨 일이 생겼나 싶었는지 큰 소리로 불렀다.

"…듣고 있다. 고 사장은 놈이 도망간 것에 뭐라고 하던가?

옆에 있다면 바꿔주게."

고 사장은 두치파 두목인 고두치를 지칭하는 말이었다.

―지금 전 조직원을 동원해 습격한 놈들을 찾고 있느라 정신이 없습니다. 최소한 누구 짓인지는 알아내야 회장님께 전화를 드릴 수 있다고 일단 저보고 상황을 전달하라고만 말씀하셨습니다.

"…알았네. 연락 기다린다고 전해주게."

추측이 점점 확신으로 바뀌고 있었다.

조금 전 TV를 보면서 느꼈던 기쁨은 사라졌다. 그리고 그 자리에 묵직한 고민이 자리했다.

민서준은 소파에 몸을 기댄 채 깊은 생각에 빠졌다.


*             *             *


"…응."

권호진은 전화 통화를 하면서 오피스텔 한쪽 소파에 앉아 있는 경호원들을 흘낏 쳐다보며 낮은 목소리로 대답했다.

―목표물이 새둥지로 갔다.

목표물은 김철을, 새둥지는 검찰을 말하는 것이었다.

전화를 한 사람은 그 말만 하고 끊었지만 권호진은 전화기를 그대로 든 채 마치 통화를 하듯이 말했다.

"응, 철아. 지금부터 매수를 시작하라고? 알았다. 걱정 마라.

내가 누구냐? 그래, 그럼 다 매수한 후에 전화할게."

전화를 끊은 권호진은 경호원들을 다시 한 번 흘낏 쳐다보고 난 후 트레이딩 프로그램의 매수 옵션을 설정했다.

탈칵!

마우스를 이용해 확인 버튼을 누른 그는 모든 일을 마친 사람마냥 환하게 웃었다.

'이걸로 내가 할 일은 끝.'

옵션으로 해둔 가격 조건만 맞는다면 통장의 돈이 모두 사라질 때까지 신선제약 주식을 알아서 매입해 줄 것이다.

확인 버튼을 누른 지 얼마 되지 않아 매수되었다는 메시지가 연신 떠올랐다.

더 이상 확인할 필요가 없었기에 트레이딩 프로그램을 끄고 혹시 몰라 공인인증서까지 삭제하고 자리에서 일어났다.

이제 이곳을 벗어나야 할 시간이었다.

"으갸갸갸! 비가 오려나? 온몸이 뻐근하네."

스트레칭을 하는 양 몸을 이리저리 움직이며 눈치를 보던 그는 경호원들을 향해 말했다.

"잠깐 담배 피우러 갈 건데 필요한 거 있습니까?"

"없습니다. 한데 혼자 가도 괜찮으시겠습니까?"

경호원은 말은 걱정하는 듯 보였지만 전혀 따라올 생각이 없는지 자리에서 일어나지도 않았다.

'다 내가 수없이 들락날락하면서 약을 먹여놔서 이런 거지

만 한심하군.'

오피스텔에 들어온 후 담배를 피우고, 편의점을 이용한다는 핑계로 열댓 번씩 왔다 갔다 했다. 그리고 낮엔 밥과 간식을 사 먹이고 저녁엔 술을 사 먹였다.

처음 며칠은 두 명씩 꼬박꼬박 달라붙더니 며칠 지나지 않아 한 명만 따라왔고 이젠 소파에 앉아 스마트폰 보기에 바빴다.

"그럼 커피랑 간단히 먹을 거 사 올게요."

"하하하! 이거 번번이 얻어먹기만 해서……"

"에이~ 우리끼리 그런 거 따지면 안 되죠. 금방 갔다 올게요."

권호진은 방을 나와 엘리베이터를 탔다. 그리고 1층에 내려 편의점을 지나쳐 건물 밖으로 나왔다.

"후후! 빈집 잘 지키라고, 친구들. 택시!"

건물을 돌아보며 한 번 비웃어준 후 택시에 올랐다.

"기분 좋은 일이 있으신가 봅니다? 어디로 모실까요?"

"하하! 그럴 일이 있습니다. 목적지는 좀 이따 말씀드릴 테니 일단 이 지역을 벗어나 드라이브나 하죠."

"예! 알겠습니다."

택시를 타고 오피스텔이 있던 동네를 벗어나자 권호진은 민종수에게 전화를 걸었다.

"나다. 돈은 잘 받고 있냐?"

―응, 고생했다. 전화하는 거 보니 무사히 빠져나왔나 보네?

"땅 짚고 헤엄치기지. 그나저나 내 돈은 언제쯤 들어올까? 내일 비행기 표도 끊어놨지만 가급적 오늘 저녁 비행기를 타고 싶은데……."

―2시쯤 마무리될 것 같으니 그때쯤 입금될 거다.

"꼭 좀 부탁한다. 한국에 있다가 철이 그놈한테 걸리면 분명 날 죽이려 할 거다."

권호진은 고등학교 졸업 이후로 줄곧 사기를 치면서 생활해 왔다. 그래서 돈을 받는 순간이야말로 가장 위험한 순간이라는 것 또한 잘 알고 있었다.

종종 돈을 받지 못하고 팽을 당하는 경우도 있었고 때에 따라선 흔적을 지운다는 목적으로 목숨까지 노리는 놈들이 있었다.

하물며 돈을 받아야 할 상대가 두치파와 밀접한 관계가 있는 민종수였으니 더 걱정이 될 수밖에 없었다. 그래서 김철을 들먹이며 은근히 압력을 가했다.

―새끼, 내가 그깟 돈 떼어먹을까 봐 그러냐?

'응!'이라는 말이 목까지 나왔지만 기분이 나쁘면 정말 떼어먹을 놈이 민종수였다.

"아니, 그게 아니라 한시라도 일찍 떠나고 싶어서 그런 거지. 그럼 공항에서 기다리고 있을게."

전화를 끊은 권호진은 인천공항으로 갔다.

김철을 만나기 전에 준비해 뒀던 여권과 최소한으로 준비해 둔 가방을 로커(Locker)에서 찾은 그는 2시가 될 때까지 혹시 경호원들이 올지도 모른다는 생각에 후미진 곳에서 주위를 살피며 기다렸다.

2시 20분쯤 민종수에게 입금했다는 전화가 왔다.

─알아서 행동하리라 생각한다만 혹시나 김철에게 잡히면 그냥 그 자리에서 죽는 게 나을 거다.

협박을 했지만 귀에 들어오지 않았다.

그러겠노라 하고 전화를 끊은 그는 일을 시작하기 전에 만들어둔 스위스은행 계좌를 확인했다. 20억이 입금되어 있었다.

돈을 챙겼으니 더 이상 미련이 없었다. 주가조작을 하며 챙긴 돈까지 합치면 30억 가까이 됐는데 필리핀에서 새 생활을 하기엔 충분한 돈이었다.

"하하하! 이젠 진짜 안녕이군. 잘 있어라, 대한민국. 너의 멍청함에 감사한다, 김철."

권호진은 6시 필리핀행 비행기에 탑승하기 전까지 조심 또 조심하다가 게이트를 지나 비행기에 탑승하기 직전 큰 소리로 웃었다.

우동희가 중국을 선택한 것에 반해 권호진이 필리핀을 선택한 것은 한국에서 지명수배되어 필리핀으로 건너온 옛 동료들이 있었기 때문이었다.

한국 관광객을 등쳐먹거나 때론 납치를 해 보상금을 뜯어먹고 사는 이들로 교도소에서 만나 친구가 된 케이스였다.

"얘들아! 누가 왔게?"

권호진은 동료들을 만나러 필리핀에 몇 번 온 적이 있었기에 그는 공항에서 내리자마자 택시를 타고 그들이 살고 있는 숙소로 왔다.

그리고 예전에 그랬듯이 제집인 양 문을 열고 들어가면서 크게 외쳤다. 며칠 신세를 지며 필리핀에서 생활할 근거지를 마련할 생각이었다.

한 번 더 큰 소리로 외쳤지만 아무런 반응이 없어 자고 있나 싶어 침실로 걸어가던 권호진은 문득 걸음을 멈췄다.

'피 냄새?'

비릿한 혈향이 코를 간질였고 그 순간 뭔가 잘못되었다는 생각이 들었다.

후다닥!

신속하게 돌아서며 문밖으로 나가려 했다. 그러나 문을 열었을 땐 짧은 머리의 두 사내가 기다리고 있었다.

퍽!

사내의 주먹이 권호진의 얼굴에 직격했다. 그리고 권호진은 세상이 하얘지며 바닥에 쓰러졌다.

"'누, 누구십니까? 저, 저에게 왜 이러십니까?"

시선이 돌아왔을 땐 문으로 들어온 두 명의 사내 말고도 침실 쪽에서 3명의 사내가 나와 그를 에워쌌다.

"무, 무슨 일인지 모르지만 여기 있는 사람들은 예전에 필리핀에 와서 알게 된 사이일 뿐입니다. 그, 그러니 저와는 아무런 관계가 없습니다."

권호진은 이들이 동료들에게 원한이 있어 왔다고 생각하고 최대한 불쌍한 표정을 지으며 별다른 관계가 아님을 피력했다.

"그래? 난 또 권호진 너랑 관계가 있으면 미안해서 어쩌나 싶었는데 다행이네. 딱히 우리가 정의로운 건 아닌데 한국 여자를 납치해 와서 이상한 짓을 하려 해서 잠깐 나섰어. 저 친구 누나가 예전에 당한 일이 있어서 여자를 함부로 다루는 걸 무척이나 싫어하거든."

"무슨 말인지……? ……!"

사내의 말이 순간적으로 이해가 되지 않았다. 그러나 곧 그들이 자신을 노리고 왔음을 알 수 있었다.

그가 놀라는 표정을 짓자 사내가 씩 웃으며 말했다.

"역시 큰형님께 사기 친 놈답게 말귀를 빨리 알아듣는군. 맞아! 우린 널 만나러 온 거야."

"…제가 댁들 큰형님한테 사기를 쳤다고요?"

"큰형님이 순진하게 생겼다고 만만하게 본 모양인데 그분이 화가 나면 얼마나 무서운지 넌 모를 거야."

순간적으로 사내들이 말하는 큰형님의 얼굴이 떠오르지 않았다. 그러나 최근 그에게 사기당한 사람 중 남자는 한 명밖에 없었다.

"기, 김철……? 켁!"

김철을 언급하는 순간 구둣발이 입에 박혔다.

"이 개새끼가 큰형님이 네 친구냐? 어디서 감히 그분의 이름을 입에 담아? 큰형님이 그래도 옛날 고등학교 때 동기라고 고통 없이 보내주라고 했는데 우린 전혀 그럴 생각이 없어. 왜냐하면 큰형님은 우리에겐 여전히 절대적인 존재거든. 시간 많으니까 우리랑 천천히 놀아보자."

자신의 머리를 강하게 움켜잡는 사내를 보며 권호진은 머리가 하얘졌다.

"…처, 철… 대, 댁의 형님이랑 토, 통화하게 해주십시오. 제, 제발! 켁!"

질질 끌려가며 애원을 해보지만 돌아온 건 또 다른 구둣발뿐이었다.

* * *

"그래, 고생했다."

양상수는 주변을 의식해 별다른 얘기 없이 전화를 끊었다.

그제 우동희, 권호진에 이어 오늘 김철과의 성 상납 스캔들

을 터뜨리고 도망가려던 선우회를 발리에서 잡았다는 연락이
온 것이다.

그들의 출국 정보를 김철이 보내줬기에 딱히 어려울 것도
없었다. 그저 미리 가서 대기하고 있다가 그들이 공항에 도착
하자마자 뒤를 쫓아 붙잡은 것이다.

"무슨 전화기에 그리 금방 끊습니까?"

앞에 앉아 있는 전두치의 말에 상념에서 깬 양상수는 웃으
며 말했다.

"심부름 보냈던 동생이 일을 끝냈다고 전화를 한 것입니다."

"우리 쪽은 요즘 경기가 좋지 않아 한가한데 그쪽은 바쁜가
보군요?"

"전혀요. 입에 풀칠하기도 바쁩니다. 그래서 이것저것 가리
지 않고 합니다. 이번 일만 해도 그렇지 않습니까?"

이번 일이라 함은 신선제약의 은지명 사장을 빼돌려 그가
가진 돈─실제로는 민서준의 돈─을 둘이 나누기로 한 일을
말했다.

김철에게 말을 듣고 민종수와의 관계를 나름 알아본 결과
거의 가족처럼 지낸다는 것을 알 수 있었다. 그래서 실패할
걸 생각하고 권했는데 웬걸, 마치 기다렸다는 듯 허락을 한
것이다.

'하긴 400억이란 큰돈이니 거부할 수 없었겠지. 친형제지간
도 아니지 않은가.'

"참, 그쪽 지역엔 큰 유흥가가 없으니 더 좋지 않겠군요. 한데 이번 일에 대해선 어떻게 안 거요?"

"제 동생 중에 주식에 밝은 친구가 있습니다. 분명 바지사장이 있을 것이라 해서 조심스레 알아봤습니다."

"거 부럽군요. 정작 은지명을 보호하고 있던 우린 그가 얼마나 많은 돈을 가지고 있었는지 몰랐는데 말이죠."

자신들이 알았다면 굳이 나눌 필요가 없었을 텐데 하는 아쉬움이 가득한 말이었다.

400억 중 은지명에게 10퍼센트를 주고 나머진 반씩 나누기로 했다.

물론 은지명의 가족을 도피시키고 나머지 돈을 세탁해서 전해주는 건 양상수가 해야 할 일이었다.

"…회장님! 회장님!"

한참 얘기하고 있는데 옆에서 큰소리가 들려왔기에 자연스럽게 말을 멈추고 옆을 돌아보았다.

민서준과 통화를 하고 있는 남자는 열연을 펼치고 있었다.

"수하의 연기력이 남우주연상감이군요?"

"푸하하하! 아마 그 양반 지금 뒷덜미를 잡고 쓰러졌을지도 모르겠군. 지금쯤 내 돈을 어떻게 갚을지 걱정하고 있을 거야."

"돈을 빌려주셨습니까?"

"그 양반이야 현금보다 건물이 많거든. 아마 내 돈을 갚으려면 건물 몇 개는 팔아야 할 거야. 아니, 건물 채로 넘겨받는 것도 괜찮은 방법이지."

은근슬쩍 전두치가 말을 놓았지만 양상수는 굳이 지적하지 않았다.

선배라면 한참 선배였고 지금은 친하다는 느낌을 주는 것도 나쁘지 않다는 생각에서였다.

"사장님, 회장… 민 사장이 전화 기다린다고 전해달랍니다."

연기를 끝낸 사내가 와서 보고를 했다.

"그래? 그래도 오랫동안 알던 사이인데 돈 구할 시간을 줘야겠지? 안 그런가, 양 사장?"

"관대함을 보이는 것도 나쁘지 않죠."

"그렇지. 네가 본 지 얼마 되지 않은 양 사장에게도 사흘의 시간을 줬는데 호형호제하던 민 사장에겐 나흘쯤은 줘야겠지."

양상수의 눈썹이 아무도 눈치채지 못할 만큼 짧게 꿈틀댔다.

지금 전두치가 하는 말은 협박이나 다름없었다.

돈이 입금될 때까지 스스로 인질을 자처하고 있었지만 협박을 당할 수준은 아니었다.

'이 새끼가 정말……'

김철이 양상수에게 자리를 물려준 건 결코 세 번째로 자리하고 있어서만은 아니었다.

그는 김철만큼은 아니어도 강했고, 그만큼 자존심도 셌다. 단점이라면 천안 철이파가 대부분 그러하듯 감정을 숨기지 못했다.

만약 전화가 오지 않았다면 따끔하게 한마디 했을지도 몰랐다.

은지명을 데리고 갔던 동생의 전화였다.

"…어떻게 됐냐?"

—지금 두 곳으로 나눠서 입금했습니다. 한데 목소리가 좋지 않은데 무슨 일이 있으십니까?

"아무것도 아니다. 은지명 가족은?"

—조금 전에 떠났습니다. 한국엔 몇 년간 들어오지 말라고 했더니 이번 일로 마음고생이 심했는지 아예 들어올 생각이 없답니다.

"챙기라던 거는?"

—국제변호사를 통해 정식으로 큰형님의 소유가 되었습니다.

"고생했다. 회사에서 보자."

전화를 끊고 양상수는 전두치에게 돈을 확인해 보라고 말했다.

"하하하! 다음에도 좋은 계획 있으면 찾아와. 양 사장이라면 내 언제든지 환영하지."

"저 역시 다시 뵙길 바랍니다."

"크하하핫! 어떤 일일지 궁금하군."

양상수는 그가 김철이 말하던 함정에 빠져주길, 그리고 그날 다시 보길 바랐다.

자신이 한 말이 저주임을 모르고 기뻐하는 전두치를 일별하곤 동생들과 함께 그의 아지트를 빠져나갔다.

*     *     *

우당 자산운영부 사무실 안으로 들어가자 자리에서 일어나 모두들 고개를 숙였다.

마치 초상집 같은 분위기였다.

"…죄송합니다, 이사장님."

자산운영부는 3개의 팀으로 이루어져 있었는데 그중 1팀이 주로 주식을 담당하고 있었다.

1팀장은 허리를 90도로 꺾으며 사과를 했다.

"사과는 됐고 어떻게 해서 700억을 날렸는지 정확한 설명을 해보십시오."

그랬다. 우당이 매입한 신선제약의 주식은 700억에 달했다.

자산운영부가 운영하는 자산은 대략 1,000억.

대부분 우량주와 변동 폭이 적은 채권에 투자하고 주식 투자는 100억 안팎으로 한다고 알고 있었다. 한데 어떻게 700억이 한 회사 주식에, 조금만 알아봐도 위험하다는 주식에 투자를 했는지 이해가 되지 않았다.

"그게… 그러니까……. 김 부장님이 주도적으로 신선제약의 주식을 매입하라고 하셔서……."

"아무리 김 부장의 명령이라고 해도 팀장들이 반드시 따라야하는 건 아니지 않습니까?"

"그건… 규정엔 그렇게 되어 있지만 일을 하다 보면 그러지 못할 때가 있어서……. 게다가 보고는 김 부장님이 하겠다고 해서 저흰 그렇게 알고……."

말끝이 흐리고 정확하게 말하지 못하는 걸 봐선 도망간 김 부장 말고도 부서 전부가 그동안 뭔가 구린 일을 해왔다고밖에 볼 수가 없었다.

"이 모든 게 김 부장 혼자서 저지른 일이라고 말하고 싶은 겁니까?"

"…저희의 잘못도 있습니다. 다만 저흰 김 부장님의 말을 들을 수밖에 없었는지라……."

말은 잘못했다고 하지만 결국은 도망간 김 부장에게 모든 책임이 있다고 말하는 것과 다름없었다.

700억 원에 매수한 신선제약 주식은 대략 35퍼센트. 내가 민종수 일당에게 당해 매수한 주식이 15퍼센트, 둘만 합쳐도 미래에 엄청나게 성장할 신선제약의 경영권을 가질 수 있게 되었으니 크게 문제 될 것이 없다고 말할 수도 있을 것이다.

그러나 싼값에 살 수 있는 주식을 비싸게 주고 샀다는 건

변함이 없었다. 나와 우당은 그만큼을 손해를 본 것이다.

"허 비서와 자산운영부 직원들을 제외하곤 모두 나가십시오."

사건이 발생했다고 소문이 났는지 허종욱과 이사들이 내가 회사에 들어오자마자 졸졸 따라오고 있었다.

싸늘한 목소리 때문인지 괜스레 나섰다가 덤탱이를 쓸까 두려웠던지 축객령이 떨어지자마자 이사들은 모두 밖으로 나갔다.

"저쪽 회의실로 모두 모이세요."

나와 허진경이 들어가자 직원들은 곧 뒤따라 우르르 회의실로 들어왔다.

팀 회의실이라 그런지 좁았는데 대부분 자리에 앉지 못하고 만원인 엘리베이터에 탄 사람처럼 서 있었다.

그들이 불편하든 말든 개의치 않고 입을 열었다.

"이제부터 존칭은 생략하지. 허 비서."

"네, 이사장님."

"허 비서는 이제부터 이곳 자산운영부의 부장이야."

허진경은 뭔가 말을 하려다 그럴 분위기가 아니라고 느꼈는지 조용히 경청했다.

"또한 특별감사실의 실장을 겸임한다. 특별감사실은 나를 제외하곤 어느 누구라도 감사실의 직원으로 뽑을 수 있으며 어느 누구라도 감사를 할 수 있다. 그리고 감사 결과, 책임 소재가 발견된다면 즉각적으로 경찰에 고발 조치해서 민, 형사상의 모든 법적 책임을 묻는다. 할 수 있겠나?"

"…네."

"그럼 첫 임무는 자산운영부부터 시작하지. 회사 자금을 이용해 개인의 이익을 취한 자, 유용한 자, 정보를 다른 곳에 흘린 자 등 철저하게 조사해."

"알겠습니다."

허진경에게 지시를 내린 후 직원들을 바라봤다. 그들 대부분은 사색이 되어 서로의 얼굴을 보고 있었다.

"솔직히 말하지. 김홍기 부장을 회의 석상에서 본 적은 있겠지만 한 번도 사적으로 본 적이 없어서 그가 어떤 사람인지는 알 수가 없어. 그러나 그가 절대로 혼자서 일을 벌이지 않았다는 것은 확신할 수 있어. 절대 이번 일을 어영부영 넘어가지 않을 거야. 또한 약간이라도 그에게 도움을 준 관련자는 찾아 그 책임을 물을 거야. 그러나 기회를 줄게."

협박에 가까운 말에 죽어가든 직원들의 얼굴이 기회를 준다는 말에 생기가 돌기 시작했다.

700억 원을 들고 튄 인간이 있는데 고작 우당의 투자 정보를 이용해 개인적인 이익을 취하던 사람들을 벌한다?

웃기는 얘기였다. 그럴 바에는 그들에게 사소한 정보를 얻는 편이 좋다는 게 내 생각이었다.

"사소한 것이라도 좋아. 김홍기 부장에 대해서 얘기해 준다면 그만큼 죄를 감면해 주겠어. 그렇다고 하루에 코를 몇 번 후비고 따위를 말하라는 게 아냐. 우당에서 어느 사람들과 친하게 지내고, 요 며칠 전부터 혹 이상한 행동을 보이진 않았는지 따위를 말하는 거야."

난 스마트폰을 꺼내 녹음 버튼을 눌렀다. 그리고 그들 앞으로 내밀었다.

"이번 일을 해결하는 데 도움을 주는 말을 하는 사람이라면 자금을 횡령한 정도의 중한 일이 아니라면 불문에 부치겠다."

처음엔 서로 눈치를 보며 말을 아꼈다.

기다렸다.

사실 저들이 말을 하지 않아도 상관은 없었다.

김홍기 부장을 찾고 싶다면 더 쉬운 방법도 있었다. 염의 에너지를 이용해 어제로 가─그는 어제까지 회사에 나왔다고 한다.─ 그의 머리에 빙의해 기억을 읽으면 되는 일이었다.

그러나 이런 일에 어쩌면 나의 생명력일지 모르는 에너지를 쓰고 싶지 않았다. 그럴 바에는 차라리 김 부장을 찾지 않는 게 나았다.

한 남직원이 입을 열었다.

"저… 김 부장님은 이사님들과 자주 술자리를 했습니다. 제가 운전을 해드렸기에 잘 압니다. 부이사장님이랑 최근에 오신 김 이사님을 제외하곤 말입니다."

"가장 많이 만났던 이사는?"

"글쎄요? 정확하진 않지만 고문이사님이랑 하정태 이사님 정도일 겁니다."

"좋아. 이런 정도면 충분해."

남직원은 내 말에 안도의 표정을 지었고 그때부터 직원들의 입이 터지기 시작했다.

"평소 전화를 받을 때면 언제나 빈 회의실이나 밖에서 받았습니다. 제가 우연히 곁을 지나다가 들으니 여자 목소리였는데 사모님 목소리 같지 않았습니다."

"석 달쯤 됐어? 그때 저에게 삼천만 원쯤 빌릴 수 없냐고 물었습니다."

"어? 저한텐 천만 원을 빌려달라고 했었는데……."

옆에서 같이 일하는 사람들이니 사소한 것들을 많이도 알고 있었다. 별의별 얘기가 다 나왔고 그중 몇 개는 꽤 쓸 만했다.

"아! 며칠 전 지하 주차장에서 고문이사님이랑 얘기하는 걸 본 적이 있습니다."

"지난주에 일본 관련 블로그를 검색하고 있는 걸 봤습니다. 그래서 여행 가시냐고 물었더니 그저 웃기만 했었습니다."

직원들의 얘기는 1시간 가까이 계속됐고 더 이상 이렇다 할 얘기는 없었다.

"여기까지 하지. 모든 업무는 오늘부로 멈추고 사무실에서 대기하도록. 꼭 처리할 일은 허 비⋯ 허 실장에게 보고하고 처리해. 허 실장은 나 좀 보지."

자산운영부를 나와 내 사무실로 갔다.

"허 실장이 해줄 일이 있어."

"이사들을 조사하라는 거죠?"

"응."

민종수가 내가 유산을 상속받기 전에 접근했던 일이나, 갑자기 내 의도를 알아내고 본색을 드러낸 것도 지금 와서 생각해 보면 우당 내부에서 누군가 알려준 것이 분명했다.

"특히 고문이사인 배남순을 철저히 조사해 줘."

"그가 김홍기 부장의 뒤에 있다고 생각하시는 건가요?"

"아마도. 개인적으로도 알아볼 거니까, 가급적 비리 쪽으로만 알아봐 줘."

"휴우~ 신선제약 일만 마무리하면 휴가라도 다녀올까 했는데 감시실장에 자산운영부까지. 아무래도 일만 할 팔자인가 보네요."

"미안."

"됐어요. 제 팔자려니 해야죠. 참. 제가 수익을 낸다면 소원한 가지 들어주기로 한 거 잊지 않았죠?"

"무슨 소원을 빌지 벌써부터 걱정이네. 아무튼 조금만 더 수고해 줘."

허진경이 나가고 바로 방찬희에게 전화를 걸었다.

―검찰청 밥은 먹을 만했습니까? 하하하!

남의 불행을 아주 즐거워하는 방찬희를 무시하고 이사들과 김홍기의 통화 내역을 구해줄 것을 부탁했다.

*　　　*　　　*

꼬박 삼 일 만에 집에 들어갔다.

엄옥당에 대한 미안함에 먹을거리를 잔뜩 사 들고 들어갔지만 그는 먹을 수 있는 상태가 아니었다.

여러 개의 링거를 꽂은 채 끙끙 앓고 있었다.

"어떻게 된 거냐?"

"형님이 갑자기 사라지시는 바람에 제가 대신 관광을 시켜줬습니다. 한데 어제 갑자기 쓰러지는 바람에 이렇게 됐습니다."

"…어지간히 데리고 다녔나 보구나?"

안 봐도 빤했다. 아마 구경시켜 준다고 아침부터 저녁까지 돌아다녔을 것이다.

예전 천안에 있을 때 보육원 아이들 구경시켜 준다고 데리고 와 나흘간 전국을 돌아 결국 절반이 앓아누운 적도 있었다.

"이틀 정도 구경시켜 준 것뿐인데……. 죄송합니다."

"네 잘못이 아니라 몸 약하다는 걸 알려주지 못한 내 잘못이다. 근데 병원에 있지 않고 왜 집에 있냐?"

"병원은 질색을 하더라고요. 그리고 아버지가 알면 당장 중국으로 돌아가야 한다고 고집을 피워서 어쩔 수 없이 데려왔습니다."

"고생했다. 너도 좀 쉬어라. 다크서클이 광대까지 내려왔다."

"아닙니다. 형님도 검찰에서 잠도 못 잤을 텐데요."

"간만에 푹 쉬었다. 그러니 걱정 말고 들어가."

석훈을 보내놓고 엄옥당의 옆에 앉았다.

악몽을 꾸는 건지 아픈 건지 끙끙거리며 잠들어 있었다.

"생각해 보면 시간이라는 게 참 이상해."

난 그의 다리를 천천히 주무르며 중얼거렸다.

검찰에서 시간을 보내며 2085년 미래의 일을 곰곰이 생각해 봤었다.

류성철의 말을 분석해 보면 엄옥당은 나에게 가전 무술을 배웠음이 분명했다. 그리고 그것을 다시 암살자에게 가르쳐 류성철에게 보냈을 것이다.

난 엄옥당에게 가전 무술을 가르쳐 줄 이유가 없는데 왜 그런 미래가 그려졌을까 궁금했다.

한데 내가 좋다고 존경한다고 말하는 어린애가 누워 있으니 마음이 흔들렸다.

그에 문득 미래란 시시각각 변하지만 과거와 현재의 어느

시점에 발생한 일로 인해 어느 정도 정해져 있는 것은 아닌가 라는 생각이 들었다.

"젠장! 그렇게 생각하면 내가 너무 비참해지잖아?"

아무리 길게 생각해 봐도 해답이 없는 문제였다.

'그러고 보니 예전에 미래의 내가 나의 갈 길을 알려준다고 생각했었지.'

내가 배우 생활을 해야 하나 말아야 하나를 고민했을 때 청계산 밑에 있던 농장에 미래의 내가 찾아와 길을 인도했다고 생각했었다.

한데 지금 생각해 보면 불암산에서 어린 류성은을 만났을 때 본 과거의 내가 류성은과 인연을 맺으라는 뜻에서 해둔 일이 아닐까 한다.

이런 생각에도 여러 가지 의문은 있었다.

그―과거의 나를 이렇게 부르는 것도 웃기지만―는 류성은이 대한민국의 미래를 바꾼다는 사실을 알았는데 쓸데없는 것만 남기고 왜 정작 중요한 사실은 나에게 말해주지 않았을까?

당시 류성은을 죽일 수 있었음에도 왜 죽이지 않았을까?

정녕 모를 일이었다.

"우웅~ 혀, 형님!"

기를 엄옥당에게 나눠준다고 생각하며 한참 주무른 것이 효과가 있었을까. 혈색이 한결 좋아진 그가 잠에서 깼다.

"미안하다. 형이 좀 바빴다."

"아니에요. 무슨 일이 있는지 TV를 봐서 잘 알아요. 잘 해결됐어요?"

"응. 근데 사내가 이렇게 허약해서야 되겠냐? 한 이틀 힘들었다고 하루 누워 있을 정도로 허약하면 어쩌자는 거냐?"

"죄송해요, 형."

"죄송한 줄 알면 내일은 훌훌 털어버리고 일어나 형이랑 아침저녁으로 운동하자."

"우와! 정말이요?"

"그래. 새벽에 깨울 테니까 일찍 자라."

가르쳐 주지 않으면 미래가 어떻게 될까 생각해 봤지만 곧 고개를 저었다.

그저 건강하길 바라는 마음에서 내가 아는 것의 일부만이라도 가르쳐 주고 싶었다.

＊　　　　＊　　　　＊

700억의 손해를 끼쳤던 김홍기 부장은 삼 일 뒤 충청도 작은 저수지에서 주검으로 발견됐다.

자신의 실수로 우당에 손해를 끼치게 되어 죄송하다는 유서가 근처에서 발견됨으로써 경찰은 사실상 자살에 무게를 두는 조사를 시작했다. 그러니 딱히 경찰 조사에 기대할 것은 없어 보였다.

"자자! 도시락들 받아 가세요! 맛있게 드십시오!"

방찬희는 억지로 온 사람이 맞나 싶게 열심히 도시락을 나눠줬다.

그 덕분이었을까, 지난번엔 5시쯤 끝났는데 이번엔 4시 30분쯤 끝이 났다.

"휴우~ 지난번에 명령하신 거 여기 있습니다."

일을 끝내고 떠나기 전 그는 담배를 태우며 USB 메모리를 넘겼다.

"진즉에 주지 왜 이제야 주는 겁니까?"

"일찍 줬으면 혼자 갔을 것 아닙니까? 저 혼자만 개고생할 수야 없죠."

하여간 놀부 심보가 따로 없다

"…꼭 바쁜 사람을 괴롭혀야 적성이 풀립니까?"

"저도 오랜만의 휴일입니다. 임신한 와이프가 입덧이 심해 같이 있어주려 했는데 나온 겁니다."

"네네. 어쨌든 수고하셨습니다."

심술 정도야 얼마든지 받아줄 수 있었다.

USB를 갖고 가려는데 방찬희는 아직 할 얘기가 남았는지 질문으로 내 걸음을 멈추게 했다.

"조사했던 이사들 중 작전 세력과 내통한 자가 있다고 생각하십니까?"

"아마 그러지 않을까 생각하는 중입니다."

"가장 의심하는 자는 누굽니까?"

굳이 말을 해야 하나 싶었는데 이유 없이 묻는 것은 아닐 것 같아 대답했다.

"배남순 이사."

"역시 그렇습니까? 만일 제가 준 자료가 배남순이 내통자라고 가리키고 있다면 어쩔 생각입니까?"

"글쎄요. 아마 좀 더 알아볼 겁니다."

"전 당장 죽일 거라 생각했는데 의외입니다?"

"내 눈으로 직접 봐야 믿는 편입니다. 그리고 최근엔 보이는 것이 다가 아니라는 걸 알게 됐거든요. 그래서 또 다른 부탁을 할지도 모르겠군요."

"쳇! 귀찮아서라도 말을 해야겠군요."

방찬희는 마치 내통자가 누구인지 아는 듯 말했다. 그리고 말을 이었다.

"자료를 보면 알겠지만 김홍기가 작전을 위해 통화하고 문자를 보냈던 전화는 대포폰으로 사용자가 누구인지 모릅니다. 하지만 통화 내역과 문자 내역을 살펴보면 직접적인 언급은 없지만 배남순을 의미하는 단어들이 나오죠. 가령 '고문님'이라든가, 손자의 대학 입학을 축하한다는 글이죠."

"아니라는 겁니까?"

"저도 자료를 조사할 땐 배남순이라고 생각했습니다. 그래서 좀 더 자세히 조사해서 사장님께 드리려 했죠."

"오오! 그런 기특한 마음을 가졌다니 고용주로서 흐뭇합니다."

"…그냥 직업병일 뿐입니다."

칭찬을 하자 방찬희는 쑥스러웠는지 고개를 돌리며 괜스레 담배를 꺼내 물었다.

"아무튼 자세히 조사하다 보니 이상하더군요. 분명 김홍기와 배남순이 공모했다고 생각했는데 배남순에겐 공모할 이유가 없었습니다."

"이유가 없다?"

"예. 이유가 없었습니다. 배남순은 사장님만큼은 아니더라도 부자였고 아들, 손자 모두 건실하게 살아가는 이들이었습니다. 만일 700억을 다 가지게 된다면 모를까 100억 정도를 벌기 위해 위험을 무릅쓸 사람은 아니라는 겁니다."

"음, 그래서요?"

"완주에게 태교를 겸해서 분석을 부탁했습니다."

'태교를 저런 식으로 해서 자손들이 똑똑해지는 건가?'라는 생각이 순간 들었다.

"그랬더니 완주 역시 보자마자 아니라고 하더군요. 그리고 다른 이사들의 통화 내역을 쭉 훑어보더니 단번에 내통자를 지목했습니다."

"누굽니까?"

"USB 안에 있습니다. 완주의 설명을 첨부해 뒀으니 읽어보고 직접 판단하십시오."

맞다. 판단은 내 몫이었다.

"날 범인으로 지목한 완주 씨의 프로파일링이라 믿을 수 없지만 어쨌든 참고는 하죠."

"참나! 이젠 사장님한테 관심 없습니다. 그러니 도둑이 제발 저린 것처럼 안 해도 됩니다. 끙차! 이제 완주가 좋아하는 수박이나 사서 집에 가봐야겠습니다."

방찬희는 정말 이젠 나에겐 관심이 없다는 듯 뒤돌아선 채 손만 가볍게 흔들고 휘적휘적 걸어갔다.

내가 원하던 것 이상을 조사해 준 그를 빈손으로 보낼 순 없었다. 그래서 그를 불러 세웠다.

"방찬희 씨!"

"왜요? 시킬 일이 벌써 생각난 겁니까?"

"애기 태명은 뭡니까?"

"꼬미입니다. 초음파 사진을 보고 땅콩만큼 쪼끄매서 그렇게 지었습니다."

"제가 꼬미에게 좋은 선물을 하죠. 신선제약 주식을 사두세요. 나중이라도 그 애가 살아가는 데 큰 힘이 될 겁니다."

"…본인이 사기당했다고 우리에게까지 사기 칠 생각입니까?"

"하하! 그건 알아서 판단하세요."

뒤끝이 나쁘다고 투덜거리는 그를 향해 손을 흔들어주고 걸음을 옮겼다.

*　　*　　*

"선배님! 들어가십시오!"

홍운표는 직속상관이자 고등학교, 대학교 선배인 차장검사에게 90도로 허리를 꺾었다.

"그래. 아버님께 내가 안부 전하더라고 말씀드리고."

"안 그래도 아버지가 한번 찾아온다고 하셨습니다."

"그래서야 쓰나. 내가 조만간 찾아봬야지."

홍운표의 아버지가 검사장이던 시절 차장검사는 막 검찰청에 들어온 평검사로 그의 도움을 많이 받았었다.

"참! 아까 제가 차에 넣어둔 것은 저희 친척 중에 농사를 짓는 이가 있어서 매년 보내오는 즙입니다. 건강에 좋은 것이니 매일 아침 챙겨 드십시오."

차장검사는 뒷좌석을 홀낏 쳐다보았다. 즙만 든 상자라기엔 꽤 컸지만 짐짓 모른 척했다.

검사는 하는 일에 비하면 박봉이었다.

만일 부유한 집안 출신이 아니어서 받는 월급으로만 생활한다면 오늘 차장검사를 대접한 룸살롱은 언감생심 오지도 못하는 곳이었다.

하지만 나라에서 손꼽히는 권력기관이다 보니 이래저래 돈이 생기게 마련이었고 개인적으로 적당히 챙기곤 나눔의 미덕을 발휘해야 했다.

"후배의 마음을 거절하면 안 되겠지. 잘 먹겠네. 그럼 내일 보지."

홍운표는 떠나는 차를 향해 고개를 숙였고 차가 멀리 떨어진 후에야 허리를 폈다.

차장검사를 대할 땐 웃음이 헤픈 노화처럼 굴더니 혼자가 되자 본래의 냉랭한 표정으로 돌아왔다.

"그나저나 이 새끼는 전화를 한 지 얼마나 됐는데 왜 안 오는 거야?"

룸살롱에서 나올 때 불렀으니 바로 근처에 있지 않는 한 도착하기엔 이른 시간이었지만 홍운표에겐 그런 건 중요하지 않았다.

그는 자신과 비슷한 사람이 아니고서는 노예나 다름없이 생각했다.

"야! 너희들! 대리기사 제대로 부르기는 한 거야?"

그는 짜증을 룸살롱 앞을 지키고 있는 기도들에게 풀었다.

기도들도 그의 직업을 알고 있었기에 머리를 숙이며 쩔쩔맸다.

"예? 예! 검사님. 다시 전화해서 확인해 보겠습니다."

기도들이 막 전화를 하려 할 때 입구 쪽으로 허름한 옷을 입고 모자를 눌러쓴 사내가 다가오며 말했다.

"대리 부르신 분이요~"

"여기! 도대체 부른 지가 언젠데 이제야 나타나는 거야, 응? 도대체 어디 업체야. 사장 얼굴을 한번 보든가 해야지."

"죄송합니다, 고객님. 서두른다고 했는데 몸이 둔해서 늦었습니다."

홍운표는 상대가 쩔쩔매면서 읍소하는 자세로 인사를 하니 기분이 조금 풀렸다. 그러나 더욱 업신여기는 듯한 목소리로 말했다.

"초짜 아냐? 이런 차는 몰아봤어?"

"물론입니다. 이 동네에서 일하려면 외제 차 운전은 기본 아닙니까. 보험도 들어뒀습니다."

"남의 차 모는 게 자랑이다."

대리기사의 말에 홍운표는 어이가 없다는 듯 중얼거렸다.

"네?"

기사는 못 들었는지 반문을 했고 홍운표는 더 이상 말을 섞기도 귀찮다는 듯 대리기사에게 열쇠를 던지곤 차에 올랐다.

"출발하겠습니다."

"목적지는 알 테니 주차장에 정확하게 주차하고 깨워. 난 피곤해서 자야겠어."

홍운표는 푹신한 시트에 몸을 기대자 그제야 술기운이 올라옴을 느끼고 눈을 감았다.

그런 그를 대리기사는 백미러로 확인하곤 비릿하게 웃더니 차를 출발시켰다.

끼이익! 우지직!

쇠가 갈리는 소리와 함께 철판이 우그러지는 소리에 홍운표는 선잠에서 깼다.

"뭐, 뭐야? 이 새끼, 너 지금 긁었지!"

"……"

대리기사는 시치미라도 떼겠다는 듯 묵묵히 운전만 할 뿐이었다.

"헐~ 이 새끼가 내가 누군지 알고. 너 당장 차 세워. 차 세우라고! …어라? 여긴 어디야……?"

차는 자신의 거주지인 논현동이 아닌 우면산 터널을 지나 경마공원 쪽으로 달리고 있었다.

"…너 누구야? 나한테 무슨 볼일이 있는 거야?"

뭔가 잘못되었다는 걸 알게 된 홍운표는 소름 끼치는 두려움과 함께 술이 확 깼다.

그 역시 검사라는 직업을 가지기 이전에 평범한 사내였다. 검사가 된 후 권투와 검도를 배우고 있지만 실력이 어떤지는 그가 더 잘 알았다.

홍운표는 대리기사에게 말을 걸면서 스마트폰을 꺼내 비상 버튼을 누르려 했다.

누르는 즉시 검찰은 물론 가장 가까운 경찰서에 비상 신호가 울릴 것이고 곧 자신의 위치로 달려올 것이다. 그러나 그의 행동은 미수에 그쳤다.

"좀 더 자고 있어."

차를 타기 전에 느껴지던 비굴한 목소리가 아닌 등골이 오싹할 만큼 싸늘한 목소리였다. 그리고 홍운표는 그의 말을 들음과 동시에 정신을 잃었다.

"읍읍!"

그저 눈을 잠시 감았다가 떴다고 생각했는데 주위 환경은 완전히 바뀌어 있었다.

일단 차가 아닌 빛이라곤 거의 없는 야트막한 야산이었고 손발이 묶이고 입에 재갈이 물려 있었다.

앞에 앉아 자신을 뚫어지게 바라보고 있는 사내에게 당장 풀라고, 자신이 누군지 아느냐고 하고 싶었지만 애석하게 읍읍거리는 소리로밖에 전달되지 않았다.

그러나 그것도 잠시, 자신이 가진 권력과 배경이 아무 소용 없음을 깨달았다.

'사, 살려줘!'

그의 표정은 점점 그가 그토록 경멸하던, 자신에게 죄가 없다고, 제발 제대로 수사를 해달라고 말하던 이들의 표정과 닮아갔다.

## 제4장

두 번째 대련

"일단 좀 맞고 시작하자."

쫙! 쫙!

다가온 대리기사는 다짜고짜 그를 때리기 시작했다.

가볍게 때리는 것 같은데 맞는 홍운표는 마치 몽둥이로 맞는 것처럼 아팠다.

그는 묶여 있는 상태에서도 고통을 피하려 몸을 최대한 웅크려 보았지만 어디를 맞아도 아프긴 마찬가지였다.

'이 개새끼! 지금만 벗어나면 널 산 채로 삶아버리겠다. 절대 곱게 죽진 못할 거다.'

언제나 대접을 받고, 언제나 사람들 위에서 군림하며 살아오던 그가 언제 이런 일을 당해봤겠는가.

처음엔 분노가 치밀어 올랐다. 이를 갈며 죽여 버리겠다고 다짐했다. 그러나 시간이 지나도 그의 손은 멈추지 않았다.

둔해질 것이라 생각하던 고통은 갈수록 뼈에 스며드는 것처럼 고통스러웠다.

'그, 그만 때려. 맞는 이유라도 알아야 할 거 아냐!'

그의 생각은 차츰 바뀌어 나갔다. 지금 이 순간만 벗어나면 뭐든 하겠다는 생각을 할 때쯤 폭력이 멈췄다.

"아, 때리는 것도 존나 힘드네. 일단 쉬고 다시 시작하자."

'미친 새끼. 맞은 난 어떻겠냐!'

재갈을 풀어줬지만 생각을 말할 용기는 없었다. 태어나서 들은 말 중에 가장 끔찍한 소리를 서슴없이 뱉는 놈에게 뭐라 하겠는가.

"근데 너 왜 맞는지는 아냐?"

"……"

"하아~ 이 새끼가 두 번 묻게 하네. 넌 범죄자들이 두 번 묻게 하면 기분이 좋든? 배운 새끼가 역지사지도 모르냐? 대답하라고 입은 안 때렸는데 굳이 남겨둘 필요 없겠네."

자리에서 일어나는 것을 보고 화들짝 놀라 말했다.

"…아, 아니, 모르겠어."

"혀가 짧다? 길게 해줘?"

"아, 아, 아닙… 니다."

"꼬우면 날 이기고 도망가든가. 아님 내가 묻는 날에 대답 잘해. 너 주변 사람들이 검사님, 검사님 하니까 대단한 사람이 된 거 같지?"

"…아닙니다."

"아니긴 뭐가 아냐. 너 하는 꼴 보니까 딱 그 짝이더구먼. 너희는 부끄러워해야 해. 깡패는 폭력으로 절규하게 만들고, 너흰 권력으로 절망하게 만들어. 또한 깡패는 시민들의 피를 빨지만 너흰 국민들의 혈세를 축내. 여기까진 도찐개찐이야. 한데 내가 보기엔 너넨 깡패보다 더 못된 놈들이야. 깡패들은 저지른 일에 대해 벌할 곳이라도 있다지만 법을 집행하는 너희들은 누가 벌하지?"

"…그래서 당신이 벌하겠다고 날 납치해 이러는 겁니까? 저에게 이런다고 검찰이 변할 것 같습니까?"

"시간이 남는다면 오늘처럼 한 명씩 잡아다가 정신 차릴 때까지 패버리겠지만 나도 바쁜 몸이야. 그리고 다른 사람들에겐 볼일이 없어."

'이자 나에게 원한이 있다!'

홍운표는 자신에게 원한을 가질 사람들을 생각해 보았다.

'성폭행당했던 여자애의 아버지? 보험 사건에서 보험사 손을 들어줬다고 난동을 부렸던 그자? 증거 불충분으로 기소를 중지했던 살인 사건의 가족? ……'

언뜻 생각나는 것만 너무 많았다.

특히 주로 부유층의 사건을 맡다 보니 제대로 수사해서 판단한 건보다 인맥과 전관예우 변호사로 판단한 건이 훨씬 많았다.

"너무 많아서 헷갈리지? 내가 도움을 줄게. 네가 맡았던 사건들 하나씩 말해봐. 어떻게 수사를 했고 어떻게 결론을 내렸는지 말이야."

녹음기를 내려놓는 모습에 홍운표는 기겁을 했다.

자신이 맡았던 사건 중 하나만 언론에 빠져나가도 문제가 될 게 뻔했다.

한데 과연 하나만 얘기하면 놓아줄까?

절대 아닐 것이다.

자신의 검사로서의 생명은 물론이고 범죄자에게 굴했다는 것으로 검찰에서 왕따를 당할 수도 있었다.

입을 다물었다. 죽더라도 해서는 안 되는 일이었다.

예상이라도 했을까 사내는 하얀 이가 전부 보일 정도로 환하게 웃고 있었다.

"언제까지 버티나 보자. 밤은 아직 길거든."

또다시 폭행이 시작됐다.

홍운표는 이를 악물고 버텼다.

그러나 누군가에게 맞아본 적이 없었던 그로서는 한계가 있었다. 열심히 운동해 만들어놓은 근육이 한 올 한 올 풀어지는 느낌이 들었다.

"…그, 그… 만……."

"이제 말할 생각이 들었나?"

"…아, 아니. 차… 라… 리 죽여."

"죽이진 않아. 그저 걷지 못하게, 손을 쓰지 못하게 만들 거야. 네가 좋은 옷과 좋은 음식을 먹기 위해 받은 돈 때문에, 혹은 주변 사람에 인정을 받기 위해 저지른 일 때문에 다른 사람은 어떤 삶을 살고 있을지 침대에 누워서 잘 생각해 봐."

척추 부근을 만지며 주먹을 말아 쥐는 모습에 홍운표는 그가 무얼 하려는지 알아챘고 그 순간 아득하기만 하던 정신이 번쩍 들었다.

죽겠다고 한 것도 의지를 보여주기 위해서지 진짜 죽고 싶은 건 아니었다. 게다가 평생 침대에 누워서 누군가의 보살핌을 받고 살아야 한다는 건 죽는 것보다 싫었다.

어차피 척추가 망가지면 평생 불구로 살아야 하는데 직업과 명예 그딴 게 뭐가 중요하겠는가.

"…하겠다! 마, 말할 테니 그러지 마."

"진즉에 그럴 것이지. 괜히 사람 피곤하게 만들고 있어. 자! 맞느라고 고생했으니 목 좀 축이고 낱낱이 얘기해 봐."

홍운표는 횡설수설하는 사람처럼 그가 맡았던 사건에 대해 말하기 시작했다.

*　　　*　　　*

"이거 기뻐해야 할지 슬퍼해야 할지 모르겠습니다. 막으려고 난리를 피울 땐 끊임없이 생산되던 기사들이 검찰 비리 때문에 자취를 감췄습니다."

이민기 부사장은 원망 어린 목소리로 말했다.

"어차피 지나갈 일이었는데요."

"'저 죽입니다'라는 유행어는 여전히 각종 방송에서 유행하고 있습니다. 오늘 회사 오다 보니까 죽집 포스터에도 '저 죽입니다. 드시면 더 죽입니다'라고 적혀 있었습니다."

"정식 공문을 보내세요."

당연히 농담이었다.

홍운표 때문에 겨우 진정되었는데 다시 기름을 부어 주목을 받고 싶은 생각은 없었다.

특히 괴로운 건 죽고 싶다고 한번 보자는 여자들의 메시지가 시시때때로 도착한다는 것이었다.

"아마 연예계에 있는 동안은 꼬리표처럼 따라다닐 겁니다. 긍정적으로 생각하면 시청자들에게 잊힐 걱정은 없으니 좋다고 할 수도 있겠네요."

부사장이 되더니 참으로 긍정적으로 바뀐 그였다.

"이번 일 피해를 입은 것은 없습니까?"

"기사가 났던 첫날은 광고사에서 손해배상소송을 하겠다고 난리가 났었습니다."

"제 잘못이니 책임을 져야죠."

"다행히 사장님의 기자회견 후 분위기가 반전됐습니다. 몰래 자선 활동을 했다는 것과 독립운동가 지원 단체인 우당의 이사장이라는 것이 도움이 된 것 같습니다."

"다행이네요."

돈이 많다고 해도 일해서 번 것을 토해내는 건 아까웠다.

"참! 그리고 건강 보조제 광고가 엄청 들어왔습니다."

"정중히 사양해 주세요. 지난번처럼 농담으로 한 말로 거절하지 마시고요."

"안 그래도 거절 의사를 밝혀뒀습니다. 한데 집에서 며칠 더 쉬시지 웬일로 나오셨습니까?"

"약속이 있어서 나왔다가 할 말이 있어서요."

당장 미래를 바꾸기 위해 할 일이 생각나진 않았지만 집중을 할 때였다.

그래서 굳이 내가 안 해도 되는 일은 다른 사람들에게 맡길 생각이었다.

"앞으로 KC엔터테인먼트에 관한 것은 분기별로 보고만 받겠습니다. 이제부터 모든 결정은 온전히 부사장님이 하셔야 하고 결과 또한 부사장님이 책임지셔야 할 겁니다."

"…사장님."

"부사장 된 지 얼마 되지 않아 다시 사장으로 발령 내는 건 좀 우스우니까 정식 사장 발령은 내년쯤 하는 걸로 하죠. 만일 그 전에 마음에 안 들면 다른 사람에게 맡길지도 모릅니다."

"그, 그야 당연한 거고요. 선우희 때문에 이러시는 거라면 신경 쓰지 마십시오. 여지민에 이어 요조숙녀도 서서히 뜨고 있어 사장님의 혜안을 의심하는 사람은 아무도 없습니다."

요조숙녀는 윤주가 '전우' 여군 편에 출연을 해 이름을 알리면서부터 차츰 바빠지기 시작했다.

특히 윤주의 경우는 각종 예능 프로그램에서 맹활약 중이었는데 각종 행사 출연료가 세 배 이상 뛴 것만 봐도 요즘 그녀들이 인기가 심상치 않았다는 것을 알 수 있었다.

"그 때문이 아닙니다. 그저 개인적으로 중요한 일이 있어 더이상 신경 쓰지 못할 것 같아 그러는 것이니 부사장님은 지금처럼 열심히 해주십시오. 사실 그동안 제가 한 것도 없으니 큰 차이는 없을 겁니다. 그리고 이 사무실도 비워 드리죠."

"사무실이 뭐가 중요하겠습니까. 다만 배우 생활은 계속하신다고 약속하면 받아들이겠습니다."

"스케줄만 빡빡하게 잡지 말아주세요."

내가 굽히지 않을 걸 알아서인지 그는 결국 받아들였다.

업무 인계는 가지고 있던 통장과 도장을 넘기는 것으로 금방 끝났다.

마지막으로 사무실을 한번 둘러보고 나가려는데 이민기 부사장이 물었다.

"근데 사장님. …혹시, 선우희 씨가 어디에 있는지 아십니까? 다, 다른 게 아니라 그녀의 짐이 회사에 있어 보내주려고."

그답지 않게 변명을 하는 걸 보니 그 짧은 기간 동안 둘 사이에 뭔가가 있었나 보다.

난 내색하지 않고 두루뭉술하게 말했다.

"해외로 나갔다는 얘기를 얼핏 들은 것 같은데 따뜻한 바다에서 해수욕을 즐기고 있지 않을까요?"

"…그렇군요. 탐탁지 않은 질문을 드려 죄송합니다."

"이제 잊을 생각입니다. 부사장님도 그저 그런 여자애가 있었다는 정도만 기억하시고 잊으세요."

KC엔터테인먼트를 나서 최정연을 만나러 향했다.

"따라오는 차들이 꽤 많습니다. 어떻게, 따돌리고 갈까요?"

운전기사가 연신 사이드미러와 백미러를 살피며 말했다.

요즘 밖에만 나오면 따라붙는 사람들이 많아 귀찮아 죽을 지경이었다.

"따돌릴 수 있겠습니까?"

"신호 몇 번만 무시하면 됩니다."

"그냥 목적지에서 조금 떨어진 곳의 골목으로 가주십시오. 제가 알아서 내리죠."

교통사고가 나면 나야 내 잘못으로 다치는 거지만 상대방은 무슨 죄란 말인가.

혹시 몰라 준비해 둔 셔츠와 모자를 바꿔 쓰고 골목을 돌자마자 차에서 내려 차가 다니지 못할 골목으로 뛰어 들어갔다.

그리고 느긋하게 BU체육관으로 갔다.

"잘 지냈어?"

안내 데스크 직원에게 인사를 했다.

"김철 씨야말로 잘 지냈어요? 마음고생 심하죠?"

"전혀. 개인적으로 한 말이 방송되는 바람에 조금 쪽팔리긴 하지만 괜찮아."

"풉! 오늘은 누굴 죽이려고 왔나요? 아! 시합 얘기에 빗대서 한 말이에요. 죄송해요."

직원은 말하고 아차 싶었는지 설명을 덧붙였다.

"하하! 어떤 의미로 농담했는지 알아. 한데 정윤 씨를 죽이러 왔다면 죽어줄래?"

"……!"

데스크 직원의 이름이 언정윤이었다.

화들짝 놀라는 그녀에게 농담이라고 말해준 후 안으로 들어갔다.

최정연은 류성은과 함께 얘기를 하고 있었다.

"미안해."

인사에 앞서 최정연에게 사과를 했다.

"이왕 미국에 갔으면 나랑 비교도 안 되는 외국 여자랑 놀지 왜 하필 그 여자야? 자존심 상하게. 아무 핑계나 하나 대봐."

말하는 내용에 비해 말투는 마치 남의 일이라는 듯 담담했다.

"개인적인 일 때문에 우연히 알게 된 여자였어. 서로 목적은 달랐지만."

자세히 설명은 하지 않았다.

"오케이! 그 정도면 충분해. 마음고생 심했지? 남자는 세 끝을 조심해야 하다고 했잖아. 그러니 다음부터 조심해."

최정연은 어머니처럼 꼬옥 안으며 등을 토닥였다.

"고마워……."

최정연이라고 기분이 좋을 리가 없을 텐데 오히려 날 위로하니 기분이 묘했다.

"성은아, 미안."

스캔들에 대한 사과였다. 괜히 나 대문에 그녀는 봉변을 당한 셈이니 사과를 하지 않을 수 없었다.

"…괜찮아."

한 소리 대차게 할 줄 알았던 류성은 최정연이 옆에 있어서인지 순순히 사과를 받아들였다. 그게 오히려 나를 불안하게 만들었다.

그녀답지 않은 건 또 있었다.

스캔들 기사를 낸 신문사를 고소할 줄 알았는데 의외로 아무 반응 없어서 내가 정정 요구를 해야 했다.

"무슨 끔찍한 복수를 준비하는지 모르지만 참아주라. 요즘 몸과 마음이 너덜너덜하다."

"이게……! 내가 무슨 복수의 화신이냐? 그깟 일로 복수를
준비하게?"

내 말에 버럭 소리치는 모습을 보니 이제야 진짜 그녀처럼
보였다.

"정연이랑 얘기나 해. 나중에 기절하고 나 때문에 얘기도
못 나눴다고 원망하지 말고."

사실 이곳 BU에서 만난 이유는 최정연과 만나기 위함도 있
지만 중국에서 잠깐 돌아온 류성은과 대련을 하기 위해서였
다.

실컷 수다를 떨던 최정연은 시합을 시작할 때쯤 인상을 쓰
며 일어났다.

"너희 대련 정말 할 거야? 으~ 난 도저히 못 보겠다. 저녁
사 올 테니까 그 전에 끝내줬으면 좋겠어."

최정연이 떠나고 나와 류성은은 옷을 갈아입고 예전에 대
련을 했던 체육관에 모여 가볍게 몸을 풀었다.

'저런 애가 어떻게 대한민국의 미래를 바꾼다는 건지 여전
히 이해가 되지 않아.'

연체동물처럼 스트레칭을 하고 있는 류성은을 보면서 생각
에 빠졌다.

사실 그녀가 강한 척하고 까칠하게 굴지만 내가 보기엔 자
기방어를 위한 몸부림으로밖에 보이지 않았다.

그러나 이해가 되지 않는다고 본능이 말하는 것을 무시할 수 없었기 때문에 마냥 지켜보고만 있을 수도 없었다.

게다가 에너지를 소모하면서 미래에 가서 알아보는 것보단 현재의 류성은과 친해져 그녀가 미래의 한국에 어떻게 해서 그런 영향을 미치게 하는지 직접 확인하는 방법이 훨씬 더 좋았다.

다만 미래에선 어떤 실수를 해도 상관없지만 이곳에선 한 번의 실수가 돌이킬 수 없는 일을 만들 수 있었기에 조심 또 조심해야했다.

일단 친해지기로 마음먹었다.

"중국엔 언제 들어가?"

"누구 덕분에 한동안 한국에 머물러 있어야 할 것 같아."

"엥? 무슨 소리야? 마치 나 때문이라고 들리는 것 같은데 착각인가?"

"굳이 잘잘못을 따져야 한다면 사실을 확인하지 않고 기사를 낸 기자 잘못이야. 하지만 너 때문이 아니라고는 말 못해."

"말 돌리지 말고 말해봐. 넌 정연이랑 얘기할 때도 그렇게 말해?"

"아니."

"이제 우리 좀 친해질 때도 되지 않았냐? 남자를 싫어한다면 날 남자로 생각하지 말고 여자라고 생각해."

"네가 여자니? 말이 되는 소리를 해라."

"그럼 네 눈엔 내가 남자로 보이냐? 오호~ 내가 조금 멋있는 편이긴 하지. 아님 여자처럼 말하고 행동할까? 오홍홍홍홍!"

과장되게 여자 목소리를 내며 입을 가리며 여자처럼 웃었다.

"…지랄을 하세요."

"어머~ 친구끼리 무슨 말을 그렇게 하니?"

"말해줄 테니 제발 토 나오는 짓 좀 멈추지?"

이유를 말해준다는 얘기에 난 여자 흉내를 멈췄다. 류성은은 가볍게 한숨을 쉬며 말을 이었다.

"넌 모르겠지만 우리 집에선 내가 빨리 결혼하길 바라고 있어. 그래서 대학을 졸업하자마자 결혼시키려고 난리를 피웠어. 매일같이 선볼 남자의 사진을 갖다 주는데 정말 미쳐 버리겠더라고."

"가족들은 네가 남자… 를 싫어한다는 걸 몰라?"

"알아. 하지만 그들에겐 내게 병이 있는 것이 중요한 게 아니었어. 그저 눈에 안 보이길 바랐던 거야. 아무튼 난 선보기가 싫어 작년 말까지 결혼할 남자를 데리고 가지 않으면 상속권을 포기하겠다고 약속하고 나서야 겨우 그들의 손아귀에서 벗어날 수 있었어."

지금처럼 변하기 전의 과거에 하반신 불구였던 나와 약혼을 하고, 민종수와 약혼을 한 이유를 알게 되는 순간이었다.

'류성은이 상속권을 포기할 리는 없었을 터, 그렇다면 지금 현재 약혼자가 있다는 얘기? 설마 그자가 류성철의 아버지인가?'

여러 가지 가능성을 염두에 두고 난 그녀의 이어지는 말을 들었다.

"남자를 믿지 못하는 내가 선택할 수 있는 방법으로는 상속권을 포기하거나 전략적인 결혼 상대를 만드는 수밖에 없었어. 그리고 상속권을 포기할 수 없으니 후자를 선택할 수밖에 없었고."

"그 말은 너에게 약혼자가 있다?"

"…응."

"어떤 남자야?"

"네가 알 필요 없어."

류성은은 딱 잘라 밝히길 거부했다.

"에이~ 뭐 어때? 으음, 웬만한 남자는 아닐 테고 사법연수원생쯤 되겠지? 그리고 남자 혐오증이 있는 널 이해하려면 이왕이면 남자구실을 못 하는 사람이면 더 좋을 테고."

"…네가 그걸 어떻게 알았어?"

약혼자가 누구인지 알아보려다가 너무 막 나갔다. 스트레칭을 멈추고 노려보는 그녀에게 얼른 변명을 했다.

"하하! 나라면 그렇게 하지 않았을까 추측한 것뿐이야. 한데 이번 일로 그 친구가 화가 나서 약혼을 깨자고 한 거야? 그렇다면 내가 만나서 아니라고 말해줄 수 있어."

화제를 돌린 것이 먹혔는지 류성은은 좁혔던 눈매를 원래대로 넓혔다.

"그게 아니라 갑자기 그 사람으로 만족하지 못하게 된 거야."

순간적으로 이해가 되지 않았다. 하지만 이어지는 그녀의 설명에 무슨 말인지 알 수 있었다.

"이왕 정략결혼을 할 거라면 돈 많은 남자가 더 낫다는 거지. 그룹이 힘들 때 도움이라도 받을 수 있게 말이야."

"아!"

"아니라고 말했어. 하지만 이왕이면 비싸게 팔아넘기려고 작정을 했는지 파혼을 하고 새로운 남자를 만나라고 난리야. 그래서 중국으로 가지도 못하고 있고."

이번 스캔들이 나쁘게만 작용하는 줄 알았는데 좋게도 작용하는 모양이었다.

'류성철의 친부가 달라진다면 선천적인 성격 또한 바뀔 터. 괴물 같은 류성철이 아닌 여리여리한 류성철이 생겨날 수도⋯⋯!'

속으로 기뻐하던 난 한 가지 사실을 간과했음을 깨달았다.

지금의 약혼자가 류성철의 친부가 아니고 이번 일로 꼬여서 만나게 되는 남자가 류성철의 친부일 수도 있다는 점이었다.

'쳇! 노처녀로 늙어 죽게 한다면 간단한데. 어떤 남자를 만날지 쫓아다니며 막을 수도 없잖아!'

순간적으로 미래가 바뀌는 것이 아닌가 싶어 기뻐했지만 다시 원점으로 돌아왔다.

"미안하다. 괜히 나 때문에……. 도움이 필요하다면 언제든 도울게."

좋은 인상을 남기는 것 말고는 지금으로선 뾰족한 수가 없었다.

"괜찮아. 어떻게든 되겠지. 적당히 몸을 풀었다면 시작해 볼까?"

"그래."

우린 글러브와 헤드기어를 쓰고 링으로 올라갔다.

류성은과 마주하자 약간의 긴장이 밀려왔다.

여자랑 싸운다는 생각은 없었다. 오히려 얼마 전에 치욕을 줬던 류성철의 얼굴이 그녀에게서 보여 전투력이 상승했다.

약간 흥분한 나에 비해 류성은은 딱히 긴장감이 없어 보였다. 그녀는 마우스피스를 넣기 전에 한마디 했다.

"이번에도 지면 더 이상 말 없기다."

"흥! 이번엔 절대 방심하지 않아."

"구차하게 다시 덤빈다는 소리처럼 들리는데? 그렇게 자신이 있다면 약속해."

대련을 시작하기도 전에 기에 밀릴 수 없었다.

"그래, 약속해. 대신 너도 지면 내가 강하다는 걸 순순히 인정해."

"글쎄? 내가 이번에 져도 1 대 1 아닌가?"

하여간 밉상이다.

왠지 말싸움에서 진 것 같은 기분에 한 마디 더했다. 유치하다고 해도 상관없었다.

"너 그거 알아? 넌 전혀 귀엽지 않아."

"넌 죽이지 않아. 나에겐 죽(粥)일 뿐이야."

"……"

말로 이길 상대가 아니었다.

난 마우스피스를 끼고 왼팔을 내밀었고 류성은도 마우스피스를 끼우고 왼팔로 내민 내 손을 툭 쳤다.

대련이 시작되었다.

스윽! 팍! 팍! 팍!

한 걸음 내디디며 긴 리치를 이용해 세 번의 주먹을 순식간에 뻗었다.

류성은은 무릎을 살짝 굽혔다 펴며 몸을 좌우로 흔드는 것만으로 내 공격을 무력화시킨 후 바싹 다가와 명치를 공격했다.

그녀의 팔이 명치에 닿기 전에 살짝 무게중심을 뒤로 보냈다. 그리고 왼팔을 축으로 빙글 돌며 팔꿈치로 그녀의 관자놀이를 노렸다.

제대로 맞으면 목숨을 잃을 만큼 위험한 공격. 그러나 제대로 들어갈 것이라고 생각하지 않았고 역시나 무위로 돌아갔다.

훅훅! 투닥! 투닥!

링 위에서 살벌한 공격이 오고 갔지만 제대로 타격을 하는 소리는 나지 않았고 나와 류성은의 숨소리와 살과 살이 부딪치는 소리만이 났다.

서로 같은 기술을 쓰기에 좀처럼 빈틈을 찾을 수가 없었다. 그렇다고 엉성한 다른 기술을 쓰자니 그 순간 공격을 허용할 것 같았다.

'천천히!'

단숨에 제압한다는 생각은 버렸다. 그리고 연신 손발을 움직이는 것처럼 머릿속으로 다음 수, 그다음 수를 그렸다.

똑같은 무술에 비슷한 실력이라면 결국 승패를 좌우하는 건 누가 더 빨리 움직이느냐와 누가 더 몇 수 앞을 보느냐에 달렸다.

'다음은 이문… 다음은 갈비뼈 찌르기… 다음은 허벅지 차기……'

한 수 앞이 보이자 두 수 앞이 보였고, 두 수 앞이 보이자 세 수 앞이 보였다. 그래서 미묘하게 그녀보다 조금 더 빨리 움직일 수 있었고 덕분에 공격을 할 틈을 새로 만들어낼 수 있었다.

퍽!

주먹이 그녀의 관자놀이 부근에 명중됐다.

한데 맞는 순간 고개를 돌려 피해를 최소화했는지 묵직함이 느껴지지 않았다. 그러나 기회를 잡은 이상 멈출 수 없었다.

바로 쫓아 들어갔다.

휘청거리는 그녀는 내가 쫓아 들어올 것을 예상했는지 아예 자세를 무너뜨리며 돌려차기를 해왔다.

낭창낭창한 대나무처럼 휘어 들어오는 다리는 뻔히 알면서도 막기 힘들 정도였기에 결국 나는 기회를 살리지 못하고 한 발 물러서야 했다.

'헉헉! 빌어먹을! 도대체 어떻게 돼먹은 애가 싸우는 도중에 강해져.'

단 한 번의 공격을 끝으로 앞을 내다보는 수는 소용이 없어졌다. 그녀 또한 수를 내다보기 시작했기 때문이다.

이어진 치열한 공방은 서로를 지치게 만들었을 뿐 어떠한 유효타도 성공하지 못했다.

'입식 타격기로는 승패를 결정짓지 못해.'

'내 생각도 마찬가지야.'

우린 마치 합의라도 한 듯 떨어졌다. 그리고 눈빛으로 서로의 마음을 알아챘다.

우리는 서로에게 돌진해 레슬링 선수들처럼 맞붙었다.

"하아~ 하아~"

류성은이 거친 숨소리를 토해냈다. 성에 따른 타고난 체력의 차이 때문인지 나보다 더 많이 지쳐 보였다.

'숨 돌릴 시간을 주면 안 돼!'

"합!"

몰아붙여야 한다는 생각이 듦과 동시에 씨름의 배지기처럼 힘을 다해 그녀를 당긴 다음 몸을 들어 바닥에 함께 넘어졌다.

"큭!"

류성은의 입에서 처음으로 짤막한 신음이 터져 나왔다. 그러나 떨어지면서 그녀는 다음 준비를 확실하게 했는지 바로 반격을 해왔다.

완전히 밀착한 상태에서 발로 내 다리를 감아왔던 것이다.

제삼자의 입장에서 본다면 꽤 야릇한 장면처럼 보이겠지만 난 그걸 느낄 새가 없었다. 누르고 있던 몸이 어느새 빙글 돌아가고 있었다.

"이익!"

버티려 했지만 그녀의 다리는 보아 뱀이 먹이를 옥죄듯이 단단했다.

우린 이때부터 엎치락뒤치락하며 뒹굴었다.

남녀가 뒹굴었다고 하면 야릇한 상상을 할 수도 있을 것이다.

물론 행동만 놓고 보자면 분명 야릇하다고 할 만큼 서로의 몸을 누르고 비비고 만지고 있었다. 심지어 그녀를 잡으려다 가슴을 움켜잡기도 했고 다리 사이에 목이 졸리기도 했다.

그러나 우리의 뒹굶은 처절 그 자체였다.

류성은은 여자가 아니라 이길 상대였고 그녀 역시 나와 같은 생각을 하고 있음이 틀림없었다.

'젠장! 이러다 지겠다.'

얼마나 뒹굴었을까. 류성은이 끈질긴 노력 끝에 결국 유리한 고지에 올랐다. 그녀의 양팔에 손이 잡히고 두 다리에 팔이 끼였다.

가로누워 십자꺾기 자세가 완성되어 가고 있었다.

완벽한 자세가 만들어지는 것을 막기 위해 난 온몸을 버둥거렸다. 솔직히 이미 완성된 자세라 딱히 기대는 하지 않았다.

한데 힘이 빠졌을까. 류성은의 몸 전체가 느슨해지는 것을 느꼈다.

'기회다!'

마지막 기회라고 생각한 나는 온 힘을 다해 팔을 뺀 후 빙글 돌아 그녀의 목에 양팔을 걸었고 양다리로는 그녀의 허벅지를 벌려 움직이지 못하게 했다.

완벽한 리어 네이키드 초크(Choke) 자세.

이대로 조금만 더 힘을 가한다면 죽을 수도 있는 기술이었다.

그녀의 버둥거림은 힘이 없었다. 아직까지 항복하고 있지 않지만 곧 정신을 잃을 게 빤했다.

'이대로······.'

문득 이대로 팔을 풀지 말까 하는 생각이 들었다.

아직까지 증거랄 만한 것은 없었지만 내 죽음과 대한민국의 미래에 바꾸게 될 것이 확실시되는 그녀를 없앨 수 있는 기회였다.

내가 고민하는 사이 내 팔을 떼어내려던 그녀의 손이 점점 멈춰가고 있었다.

'항복을 해! 이 멍청한 여자야!'

상반된 생각이 머릿속에서 싸웠다.

문득 지금까지 죽자 사자 싸우던 그녀가 나에 비해 너무 왜소하다는 생각과 함께 어린 시절의 그녀가 생각났다.

죽음마저 담담하게 받아들이던 전혀 귀엽지 않은 여자아이.

"···항복할 줄 몰라? 지는 게 그렇게 싫어?"

고민하던 마음을 감추려고 퉁명스럽게 말하며 결국 그녀를 놓아주었다.

죽여야 한다고 해도 오늘은 아니었다.

\*　　　\*　　　\*

나는 최정연에게 얼얼할 정도로 센 꿀밤을 맞았다.

저녁을 사서 들어오다가 류성은과 나의 대련을 본 모양이었다.

"거길 그렇게 비벼대면 어쩌자는 거야! 아무리 성은이 걔가 남자 같다고 해도 정말 남자는 아니잖아! 넌 너의 거시기를 차면 좋겠냐? 좋겠냐고, 이 화상아!"

최정연의 말인즉, 내가 그녀의 십자꺾기를 벗어나려 발버둥칠 때 몹쓸 짓을 했다는 얘기였다.

사과를 할 생각이었지만 나에게 진 충격 때문인지, 아님 수치심 때문인지 샤워를 하자마자 가버리는 바람에 결국 사과도 하지 못했었다. 물론 그날 이후로 내 전화를 받지도 않았다.

그렇게 류성은과 대결 후 며칠이 지나 추석이 다가왔다.

지난 추석과 설에 이어 종갓집에는 세 번째 가는 것이라 더 이상 서먹함은 없었다. 그래서 차례상 준비도 도울 겸 해서 일찍 종갓집으로 향했다.

설날 때까지만 해도 종갓집 앞엔 국산 승합차와 승용차가 서 있었는데 지금은 고급 외제 승용차들이 서 있었다.

"다들 차를 바꾸셨네."

외제 차를 탄다고 비난하는 것이 아닌 차를 바꾼 것에 축하한다는 의미를 담은 말이었다.

거의 독점적 직위를 가진 국내 자동차 회사가 국내에서만 가격을 올려대는 등, 오히려 국내 소비자를 역차별하는 상황에서 차라리 외제 차가 더 활성화되었으면 하는 바람이었다.

"저 왔습니다!"

아직 음식 준비를 시작 안 했는지 부엌엔 아무도 없었다. 가지고 온 선물을 쪽마루에 놓고 작은할아버지의 방으로 가려 할 때였다.

당숙부의 목소리가 방문을 뚫고 들려왔다.

"할아버지께서 남기신 유산이라지 않습니까. 그럼 당연히 저희에게도 상속재산을 나눠줘야 하지 않습니까? 그걸 멋대로 유성 형님이… 뭐, 우당을 만든 건 이해할 수 있습니다. 하지만 철이에게만 재산을 남긴 건 도저히 납득이 안 됩니다."

당숙부는 상당히 흥분해 있었다.

작은할아버지는 차분한 목소리로 말씀하셨다.

"…그래서 철이가 손주 녀석들에게 건물 한 채씩을 주지 않았느냐."

"아버지! 철이 재산이 얼마인지 아세요? 2조가 넘습니다, 2조가! 근데 고작 백억이 넘는 건물을 주는 것으로 끝을 낸 겁니다. 말이 된다고 생각하세요? 너도 말을 해봐, 안 그래? 왜 우리가 정당히 받아야 할 것을 적선받듯이 받아야 하냐고."

"그래요, 아빠. 이이가 변호사에게 알아봤는데 아버지 몫은 물론이고 우리 몫, 거기에 애들 몫까지 몽땅 받을 수 있대요. 저희가 돈 욕심 때문에 이러는 거 아니잖아요. 정당히 받아야 할 몫을 받는 거라고요."

당고모가 한마디 거들었고 이어 당고모부가 말을 이었다.

"장인어른, 제가 끼어들 자리는 아니지만 애들을 대신해 한마디 하겠습니다. 저희 애들도 한양 김씨 가문의 자손들입니다. 철이만 자손이 아니라는 말입니다. 그러니……"

방에 있는 당숙부 내외와 당고모 내외는 작은할아버지를 계속해서 설득했다.

난 쪽마루 기둥에 기대어 앉아 그들의 말을 곰곰이 듣고 있었다.

그들의 말은 옳았다.

다만 내 재산이 정말 증조할아버지에게 유산으로 받았다는 가정하에서 보자면 말이다.

친척들을 만난다는 기쁨은 어느새 착잡함으로 바뀌어 있었다.

'이젠 여기도 못 오겠네.'

굳이 상대할 가치를 느끼지 못했다.

명절에 어른들과 목소리 높여 싸우는 것은 싫었다. 그저 못 들은 척하고 있다가 소송이 들어오면 그때 상대할 생각이었다.

재산을 형성한 것은 아버지였고 아버지는 이미 돌아가셨으니 저들이 어쩌겠는가.

"철이가 가진 재산이 너희 할아버지에게 받은 것이라 누가 말하더냐?"

막 일어서려는데 작은할아버지가 차가워진 목소리로 물었다.

"…옛날 장성이 형님이랑 같은 시기에 검찰에서 근무했던 변호사에게 들었습니다."

"고작 그런 사람의 말에 휘둘려 지금 이러고 있는 것이냐! 내가 확실히 말할 테니 잘 들어라. 너희 할아버지가 어떻게 돌아가셨는지 아느냐? 중국에서 워낙 굶주리셔서 그때 얻은 병 때문에 해방이 되고 2년이 지나지 않아 돌아가셨다. 그런 분이 숨겨둔 어마어마한 돈이 있었다? 너희에겐 큰아버지 되는 내 형님은 6.25를 겪은 후 얼마나 고생했는지 아느냐? 나를 공부시키고 어머니를 굶기지 않으려고 하루 16시간씩 일하셨다. 그런 분들이 과연 어마어마한 재산을 숨겨놓고 그런 고생을 하셨겠느냐!"

"할아버님이 미래의 후손들을 위해 남겨두셨을 수도 있지 않습니까?"

"쯧쯧! 정녕 돈에 눈이 멀었구나. 형님도 몰랐고, 나도 몰랐고, 심지어 장손이던 장성이도 몰랐던 일을 유성이가 알았다고? 그래, 설령 그렇다 하더라도 너희들 대학 등록금이며 용돈을 챙겨주던 유성이가 할아버지의 유산을 받았는데 너희에게 나눠주지 않았겠느냐!"

"사람 마음이라는 게……"

"닥쳐라! 네놈이 정녕 죽은 유성이마저 욕보이려 드느냐? 네가 정녕 그 애가 있다면 그 앞에서도 그따위 소릴 할 수 있겠느냐!"

유하게만 보이셨던 작은할아버지의 일갈은 엿듣고 있던 나마저 움찔할 정도로 강한 힘을 담고 있었다.

"행여나 철이의 재산이 탐나 소송이라도 한다면 그땐 두 번 다시 네놈들을 보지 않을 게다. 그리고 괜한 분란을 만든다면 철이가 너희 애들에게 준 재산도 다시 뺏어 가게 만들 터이니 그리 알아라! 에잉! 못난 것들."

드르륵!

갑자기 방문이 열리며 작은할아버지가 나오셨다.

"…철아!"

진즉에 갔어야 하는데 꼴이 우습게 됐다.

일단 인사부터 드렸다.

"잘 지내셨습니까, 할아버지. 엿듣고자 한 건 아닌데 들어갈 분위기가 아니기에……. 죄송합니다."

"아니다. 오히려 이 할애비가 미안하구나."

방 안에 있던 네 사람은 묘한 표정으로 내 얼굴을 보다가 눈이 마주치자 고개를 돌려 피했다.

"자자, 이 할애비랑 잠깐 얘기나 하자꾸나. 이번 추석은 아무래도 조용히 보내야겠구나."

작은할아버지는 낡고 흙이 잔뜩 묻은 운동화를 신으며 날 잡아끌었다.

"잠시만요, 할아버지."

갈 때 가더라도 이왕 이렇게 된 거 한마디 하고 가야 했다.

"서로 인사를 할 분위기가 아닌 것 같으니 제 재산에 대해서만 간단히 말씀드리고 가겠습니다. 아버지가 주신 돈이라 정확하게 말씀드리지 못하지만 확실한 건 증조부님과 조부님과 전혀 관계없는 돈이란 것입니다. 부디 얼굴 붉히는 일이 없었으면 합니다. 줬던 돈을 뺏는 치사한 놈이 되긴 싫습니다. 추석 잘 보내십시오."

정중히 인사를 한 후 뒷짐을 지고 대문에서 하늘을 보고 계신 작은할아버지께 갔다.

"갈 때 가더라도 할아버지와 네 아비와 어미는 보고 가려무나."

대문을 나와 왼쪽으로 나 있는 작은 오솔길을 따라 대나무 숲과 소나무 숲을 지나면 가족묘가 나왔다.

고조부모님부터는 원래 선산에서 이곳으로 옮겨 올 때 화장을 해 납골묘 형태로 만들었는데 그곳을 시작으로 증조부모님, 조부모님, 부모님께 성묘를 했다.

작은할아버지가 챙겨 온 북어포를 앞에 놓고 막걸리를 한 잔씩 따르는 것으로 끝이었지만 절만은 내가 할 수 있는 한 최대한 정중하게 했다.

"한잔 마실 테냐?"

할아버지는 애써 웃는 얼굴로 반쯤 남은 막걸리 통을 들어 올렸다.

"운전을 해야 하니 한 잔만 받겠습니다."

한 잔을 받고 한 잔을 따랐다.

산의 중턱 부근에 있는 가족묘에서 내려다보는 풍경은 꽤 멋졌다.

"이해하려무나. 내가 워낙 없이 키워서 그런지 갑자기 생긴 돈에 주체를 못 한 모양이다. TV에서 나오는 재산 다툼이 먼 나라 얘기인 줄 알았는데 내 생전에 눈으로 직접 확인하게 될 줄이야……. 후우~ 기분은 우울한데 날씨는 왜 이렇게 좋은 건지."

"전 괜찮으니 작은할아버지께선 너무 괘념치 마십시오. 그리고 설령 소송을 해온다 해도 그냥 모른 척하시면 제가 알아서 처리하겠습니다."

"어찌 어린 너보다도 생각이 짧누. 쯧쯧쯧! 크으~"

작은할아버지는 혀를 차며 막걸리를 단숨에 들이켰다. 난 고수레를 하고 남은 북어포를 찢어 막걸리 옆에 놓았다.

무거운 얘기를 그만두고 화제를 전환하려 했는데 딱히 생각나는 바가 없었다. 그래서 작은할아버지가 명절마다 자주 언급하던 할아버지에 대해 물었다.

"할아버지는 어떤 분이셨습니까?"

"허허허. 5살 때까진 형님과 지냈는데 기억이 나지 않느냐?"

"전혀요. 그래서 궁금합니다."

"하긴 어릴 때라 기억을 못 하겠구나. 형님은 말이다, 남자인 내가 봐도 참 멋진 분이셨다."

역시 할아버지에 대해 묻기를 잘한 모양이었다.

작은할아버지는 조부님의 젊은 시절 얼마나 인기가 있었고 얼마나 대단했는지에 대해 말하며 비로소 웃음을 찾았다.

"형님이 건달의 세계로 빠지게 된 건 일하던 곳의 사장이 사채업자들에게 위험에 처했을 때 구해준 이후부터였지. 사실 건달이 되었지만 건달로 사는 걸 싫어하셨단다. 다만 당신이 아니면 고통받게 될 사람들 때문에 마지못해 했다는 것이 맞을 것이다."

가을 햇살이 서서히 따갑게 느껴질 때까지 과거로의 여행은 계속됐지만 난 그저 듣고만 있었다.

작은할아버지가 얘기를 맛깔나게 잘하기도 했지만 과거로 가서 본 어린 조부님이 어떻게 살아왔는지 듣게 되니 집중이 되었다.

"장성이가 사법고시에 합격하자 바로 모든 걸 정리하고 이곳으로 내려오셨단다."

"그러셨군요. 할아버지와 함께 지냈던 때가 하나라도 기억 났으면 좋을 텐데."

"어리기도 했지만 네가 병치레가 심해서 거의 누워 있어서 더 기억이 안 날 게다."

"제가 몸이 약했나요?"

"많이 약했지. 일어나 있는 시간보다 누워 있는 시간이 더 길었으니까."

"그랬어요?"

처음 듣는 얘기였다. 그리고 다른 사람도 아닌 내 얘기니 자연 더 궁금했다.

"지금 와서 하는 얘기지만 병원에서도 다섯 살을 못 넘긴다고 했단다. 다행히 형님이 네 머리에 문신을 새기고 난 다음부터 건강해졌지만 말이야."

"어? 제가 듣기론 머리에 새긴 문신은 할아버지께서 제정신이 아닌 상태에서 새기신 것이라고 들었는데요."

"그것은 나중에 유성이가 와서 어린애한테 무슨 짓을 한 거냐고 길길이 날뛰니까 한 얘기였지."

내가 생각하고 있던 것과 얘기가 달랐다.

나는 류성은을 구할 때 만난 염원(과거의 나)이 내 기억(김철로 빙의를 한 후)을 읽은 후 본래 목적을 잃고 떠도는 내(염)가 김철의 몸에 정착할 수 있도록 할아버지의 몸에 빙의를 해 문신을 새겼다고 생각하고 있었다.

뭔가 헷갈리고 복잡하지만 나를 셋이라고 생각하면 이해하기가 쉬웠다.

과거의 나(염원), 염원일 때의 기억을 잃고 남의 몸에 기생해 에너지를 얻고 살던 나(염), 마지막으로 지금의 나(김철).

각설하고 과거의 내가 머리에 문신을 새긴 것이 아니라면 할아버지가 자의로 새겼다는 얘긴데 왜 새긴 건지 궁금했다.

"말씀하신 대로라면 제 병을 치료하기 위해 새겼다는 건데 제가 무슨 병이었습니까?"

"워낙 황당한 얘기라."

"상관없습니다."

"네 어미가 죽고 형님이 널 맡아 기르게 되었는데 애기 때 넌 하루 20시간씩 잤단다. 처음엔 애기 때라 그런가 보다 했는데 시간이 지나도 마찬가지였지. 결국 형님이 병원에 널 데려갔단다."

작은할아버지의 얘기를 정리하자면 난 기면증처럼 시도 때도 없이 잠을 잤고 병원에서도 원인을 찾을 수가 없었다고 한다.

문제는 잠을 자느라 제대로 먹지 못해서인지 점점 약해지고 있었고 결국 죽게 될 것이라는 게 병원의 결론이었다.

조부님은 날 포기하지 않았다. 다른 방법을 찾아 헤매길 2년, 용한 무당을 만나 병의 원인과 치료법을 알게 되었다는 얘기였다.

"영혼이 빠져나가는 병이라니. 처음엔 형님도 나도 믿지 못했다. 그러나 밑져야 돈 몇 푼 잃는다는 생각에 문신을 새긴 거란다."

"…그럼, 제 머리에 새겨진 문신의 역할은?"

"글쎄다. 그때 무당이 뭐라고 했는데… 아! 영혼이 빠져나가지 못하게 하는 기능과 빠져나간 영혼을 당기는 기능이 있는 수만부(囚挽符)라고 했다."

"…그렇군요."

혹시나 내가 모르는 특별한 기능이 있을까 기대했는데 빠져나간 영혼 대신에 내가 들어와서 갇히게 되었다는 사실을 재확인한 것과 그저 모르던 과거를 조금 더 알게 된 것뿐이었다.

이후 나는 막걸리가 떨어질 때까지 할아버지와 아버지에 대해 더 듣다가 가족묘에서 내려왔다.

**제5장**

한 걸음씩

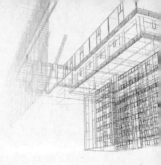

똑똑!

"들어오세요."

모니터에서 시선을 떼지 않고 말했다.

특유의 하이힐 소리가 아니더라도 문을 열고 들어오는 순간 풍겨오는 커피 향에 허진경임을 알 수 있었다.

"추석 때 우당회에서 보내셨다면서요? 종갓집엔 안 가셨나 봐요?"

"어떻게 알았어?"

"저야 이사장님에 대해 모르는 게 있나요. 농담이고 회장님께 들었어요. 추석 내내 계셨다면서요."

"거기서 먹던 개고기가 생각났거든. 커피는 계속 들고만 있을 거야?"

종갓집에서 쫓겨나다시피 집으로 돌아온 난 석훈은 보육원으로, 엄옥당은 중추절을 보내기 위해 중국으로 가 비어 있는 집에 혼자 있기 싫었다.

울적함을 풀 요량으로 여자를 품어볼까도 생각했지만 파파라치들은 추석도 없는지 계속 따라다니는 통에 결국 우당회로 간 것이다.

결과적으로는 나쁘지 않은 선택이었다.

덕분에 추석을 아무 생각 없이 보낼 수 있었고 그 덕에 종갓집에서 있었던 일 또한 깔끔하게 잊을 수 있었다.

"근데 이 커피는 어디서 사 오는 거야? 근처 커피숍을 다 돌아다녀도 이 향과 맛이 나는 커피를 찾을 수 없더라고."

"당연하죠. 제가 만드는 거니까요."

"그래서 찾을 수가 없었구나. 근데 내가 이 향을 언젠가 맡아본 적이 있는 것 같아. 착각인가? 아무튼 지금 밖에 있는 비서한테도 좀 가르쳐 줘."

"드시고 싶을 때 말하세요. 언제든 타드릴게요."

"쳇! 일을 시키지 말라는 소리처럼 들리네. 근데 어쩌지. 커피를 타는 것보단 더 중요한 일이 많은데."

"치이! 또 무슨 일을 시키려고요?"

"그건 나중에 말해줄게. 일단 지난번에 시킨 일은 모두 끝낳어?"

"여기 있어요."

허진경이 내민 서류는 이사들과 자산운영부 직원들의 비리를 조사한 것이었다.

"…심각하군. 용서해 주겠다고 말한 것이 후회되네."

자산운영부 직원들의 비리는 심각했다.

자신들이 사둔 주식의 가격을 올리기 위해 우당의 자금을 이용한 것은 기본이었고 손해 본 주식을 회사 자금으로 투자한 것처럼 꾸민 것도 있었다.

"친인척의 명의까지 합친다면 상당할 거예요. 하지만 그건 경찰에 수사를 요청해야 가능할 것 같아요. 의뢰할까요?"

"됐어. 약속을 했으니 웬만하다면 용서를 해야지. 이러면서도 10퍼센트 이익을 냈다면 능력이 없는 사람들도 아닌데 도대체 왜 이렇게 사는지. 쩝! 한 명도 빠짐없이 모두 사표 내라고 해. 퇴직금은 없다고 알리고."

용서는 용서고 도둑들을 우당에 내버려 둘 순 없었다.

"자산운영부를 폐쇄할 건가요?"

"허 실장이 하겠다면 새로 직원 뽑아서 하고."

"됐어요. 사실 우당에 자산운영부는 필요 없는 부서였어요. 수입을 다각화하자는 이사들의 성화가 아니었다면 부이사장님도 만드는 일 없었을 거예요."

"그럼 그렇게 하는 걸로 해. 남은 300억은 영상제작지원팀에 넘기고."

"네."

자산운영부 서류는 한쪽으로 던져놓고 이번엔 이사들의 비리 내역을 확인했다.

"허얼~"

가관도 아니었다.

이사 개개인에 따라 편차가 제법 컸지만 자산운영부와 연계해 주식을 한 것은 물론이고 독립운동가 후손들을 위해 마련해 둔 건물을 자신이 아는 사람에게 대여해 주고, 건물관리 용역회사에서 리베이트를 받고, 각종 사업에서 가격을 부풀려 뒷돈을 챙기고, 우당의 활동비를 자녀들을 위해 사용하고 있었다.

국가의 권력자들과 기업의 권력자들이 하는 짓들을 그대로 하고 있었던 것이다.

사실 기가 찬 이유는 이사들의 비리 때문이라기보다 그동안 부이사장인 허종욱은 뭘 했냐는 것이었다.

"법인의 정관 28조 임원의 해임 조건을 보면 사유가 있을시 이사장이 해임을 할 수 있다고 나와 있습니다. 그리고 이사장 부재 시엔 이사회의 과반수가 찬성했을 때 해임이 가능합니다."

내가 의문을 표하자 허진경은 담담하게 말했다.

"그럼 사실상 이사들끼리 입만 맞추면 어떤 나쁜 짓을 해도 문제가 없다는 얘기잖아. 도대체 그 규정은 어떤 놈이……!"

말하다 보니 기억이 났다.

허종욱과 법인을 만들 때 혹시 모를 그의 전횡을 막고자 내가 만들어놓은 조항이었다.

급하게 만들다 보니 깊이 생각하지 못한 것이 오늘날의 이 사단을 만든 것이다.

"전임 이사장님께서 만드신 거예요."

내 잘못으로 돌아가신 아버지를 욕되게 한 것 같았다.

"…그럼 내가 취임을 했을 때 바로 말을 했어야지."

"작은아버진 이사장님이 직접 눈으로 확인 후 자신과 이사들을 해직시키길 기다리고 있었어요. 저에게 모든 자료를 보관하고 있다가 이사장님이 알은체하거나 비리가 겉으로 드러나면 보여 드리라고 하셨고요."

처음 이사장직을 맡고 빈둥대고 있을 때 허진경이 날 삐딱하게 보던 이유를 이제야 알 수 있었다.

입이 열 개라도 할 말이 없었다.

"내 탓이군……."

"지금이라도 아셨으니 늦지 않았어요. 늦었다고 생각했을 때가 가장 빠른 때라고 하잖아요."

"위로가 아니라 눈치를 줬어야지."

처음엔 그녀의 발언에 다소 삐걱거리며 시작했지만 그녀는 이젠 내가 믿는 사람 중 한 명이었다. 그래서일까. 믿었던 만큼 약간 서운했다.

"그 점에 대해선 죄송해요."

"다음엔 그러지 않겠다면 용서할게. 그리고 믿음직하지 못해서 미안해."

"이젠 믿음직해 보이니 저도 용서할게요. 한데 이사들은 어떻게 처리할 거죠?"

"고문이사와 정무근 이사는 경고, 오태석, 피천기 이사는 해직. 나머지 네 명은 용서한다는 얘길 안 했으니 법적으로 처리를 해야지."

"그냥 해직 정도가 좋을 거예요. 지루한 법정 다툼을 거친다 해도 그들이 지는 법적책임은 별것 없어요. 오히려 우당에 대한 악소문과 세무조사가 나올 가능성이 높을 거예요."

"그래도 해야 해. 언제까지 남들도 다 하는 일이니까, 건드려 봐야 좋을 것 없는 전, 현직 권력자들이니까, 시간이 오래 걸리고 피곤하니까 하고 넘어갈 순 없잖아? 분명 허 실장 말처럼 될 거야. 그러나 내가 한 일이 언젠가는 비리가 만연한 세상을 바꾸는 작은 파문 중 하나가 될 수도 있지 않을까?"

내가 이번 우당회에 가서 이희찬 옹을 만나서 한 가지 배운 게 있었다.

그는 말했다.

"난 많은 국민들 모두가 독립운동을 했다고 생각하네. 지나가는 객에게 한 끼를 대접한 아낙네도, 사람들을 계몽하기 위해 한 편의 시를 쓴 시인도, 일제의 강압에도 꿋꿋이 자신의 일을 하던 이도 모두 말일세. 그리고 결국 이루어내지 않았나."

그의 말은 나에게 '꼭 매국노를 죽이는 것만이 미래를 바꾸는 것이 아니라 한 표를 행사하는 투표가, 지나가는 힘든 이를 돕는 행동이 미래를 바꿀 수 있다'고 들렸다.

즉, 미래의 대한민국이 일본에 넘어가는 것을 막아야 하는 사명도 중요하지만 그 사명을 작은 것부터 실행해야 함을 깨달은 것이다.

솔직히 이번 일처럼 작은 것을 실행하는 건 피곤한 일이었다. 나 역시 적당히 눈을 감고 싶었다. 그러나 설령 내가 실패하더라도 작은 씨앗은 심었다고 자위하고픈 생각도 있었다.

"이사장님 생각이 그렇다면 해야죠."

허진경은 빙긋 웃으며 대답했다.

왠지 말은 하지 말아야 한다고 하면서 원하고 있었던 건 아닌지 모르겠다.

비리에 대한 처벌 수위를 결정하고 나자 그녀는 새로운 서류를 하나 건넸다.

바로 신선제약에 대한 주식 보유 현황이었다.

이미 90퍼센트까지 확보된 상태였다.

"언제 이렇게 샀어?"

"신선제약은 사실상 부도가 난 것이나 다름이 없어요. 사장은 주식을 모두 팔고 외국으로 도망갔고 주식은 거래조차 안 되고 있는 실정이죠. 그래서 추석 전에 현 주가보다 2배 높게 사겠다고 광고를 냈어요. 그랬더니 너도나도 팔더라고요."

한때 2만 원까지 올라갔던 주식이 현재 500원도 되지 않았다.

"나머지 10퍼센트는?"

"다 모으긴 불가능해요. 비싼 가격에 샀던 사람들 중 혹시나 다시 오를까 팔지를 못하는 사람들도 있고, 저희가 공격적으로 매수를 하자 뭔가 있나 싶어 저희보다 더 높은 가격에 주식을 매입하는 이들이 생겨났어요. 오늘 시장이 열리자마자 지금 1,200원대까지 다시 올랐어요."

"그래?"

굳이 전부 다 필요한 것은 아니었다.

"근데 정말 신선제약을 살리실 거예요? 경영의 귀재라도 살릴 수 없다는 게 금융계 전문가들의 의견이에요."

"분명 살아날 거야."

"답답하네요. 힌트라도 좀 주세요."

"신선제약엔 두 가지 보물이 숨겨져 있다는 정도만 말해줄게."

"두 가지 보물이요? 오히려 아니 들은 만 못하네요."

"나중에 알게 될 거야. 조금만 참아. 그리고 해줄 일이 있어."

두 가지 보물 중 하나는 내년에 빛을 발하게 될 것이고 그와 함께 엄청난 부를 신선제약에 안겨줄 것이다.

"경영권 확보를 위한 잡다한 업무겠군요?"

"역시 허 실장은 눈치가 빨라."

"휴우~ 도무지 쉴 틈을 안 주시네요."

허진경은 투덜대면서도 안 하겠다는 말은 하지 않았다. 고맙다 말하며 웃던 난 그녀가 돌아서자마자 살짝 눈을 좁혔다.

'훗! 완벽한 줄 알았는데 의외로 허술한 구석도 있을 줄이야.'

방찬희에게 받은 자료를 확인하고 허진경에게 단점이 있음을 알게 됐다. 스스로의 머리에 대한 확신 때문인지 한번 믿은 사람은 끝까지 믿는 경향이 있었다.

'미안, 허 실장. 이번엔 당신의 약점을 내가 이용해야겠어.'

*　　　　*　　　　*

"으휴~ 뺀질이. 하여간 잠시도 쉴 틈을 주지 않고 부려먹으려 든다니까."

허진경은 김철의 사무실에서 나와 자신의 사무실로 가면서 불만스럽게 중얼거렸다.

한데 불만스러운 말투와 달리 그녀는 마치 인정을 받아 들뜬 여직원마냥 기쁜 표정을 짓고 있었다.

"정 이사님이 사무실에게 기다리고 계십니다."

감사실로 들어가자 허진경이 감사 업무를 맡게 되면서 뽑아 올린 직원이 말했다.

"이사장님이 자산운영부를 없애고 직원들은 퇴직을 조건으로 조용히 마무리하기로 했으니 처리해 주세요. 참! 퇴직금은 없는 것으로 하라 하셨습니다."

"그들이 순순히 응하겠습니까?"

"갈 때 수집한 자료를 보여주면 응할 수밖에 없을 거예요."

지시를 내린 그녀는 사무실 안으로 들어갔다.

"어떻게 됐나, 허 실장?"

초조하게 기다리던 정무근 이사는 소파에서 벌떡 일어나며 물었다.

"잘됐어요. 제가 이사님이 절 돕는 사람이라고 말하기도 전에 경고 정도로 끝내라고 하셨어요."

"휴우~ 그래? 불명예스럽게 잘리면 어쩌나 걱정했는데 다행이네."

"그럴 리가 없죠. 지금까지 궂은일도 마다하지 않고 절 도와주셨다는 걸 안다면 상을 내리셨을 거예요."

김철이 알아보라던 정보 중 일부는 정무근이 구해 온 것이었다. 게다가 이사들의 비리도 그가 스파이가 되어 모았다.

"됐다. 이사들이 하는 꼬락서니가 마음에 들지 않아 한 일인데 굳이 대단한 일을 한 양 굴고 싶지 않다. 그건 너랑 나랑 둘만의 비밀로 하자."

"이사님은 너무 욕심이 없으세요. 때론 자신의 몫을 챙겨야 할 때도 있는 법이에요."

"먹고살 정도면 됐지 이 나이에 뭘 더 바라겠냐. 근데 얼굴을 보니 또 무슨 일을 맡은 거 같다?"

"신선제약 경영권을 확보하라네요."

"그런 별 볼 일 없는 회사를 왜? 그냥 검찰 조사를 피하기 위해 매입한 거 아니었어?"

"저도 그렇게 생각했는데 아닌가 봐요. 신선제약에 두 가지 보물이 있다는 이해하지 못할 말만 했어요."

"…보물이 뭔데?"

"저도 모르겠어요. 아무튼 자신만만해하는 거 보니 뭔가 있는 것 같은데, 그게 정확하게는 뭔지 모르겠어요. 하다 보면 알게 되겠죠."

"허허. 그렇겠지. 이제 결과도 알았으니 이만 가서 밀린 일이나 해야겠다. 도통 일이 손에 잡혀야 말이지. 필요한 일 있으면 언제든 말하렴."

친근하게 웃으며 인사를 한 정무근은 감사실을 나왔다. 그리고 갑자기 묘하게 뒤틀린 웃음을 지으며 중얼거렸다.

"두 가지 보물? 진한 돈 냄새가 나는 것 같은데……. 곧 떠날 생각이었는데 좀 더 있어볼까? 큭큭큭큭!"

그는 언제 음흉한 표정을 지었나 싶게 지나가는 직원에게 인자하게 미소 짓곤 그의 사무실로 돌아갔다.

\*          \*          \*

짝! 꺅! 와장창!

살과 살이 부딪히는 소리에 뒤이어 여자의 뾰족한 비명이 들렸다.

여자가 위험하다 싶을 정도로 테이블 위로 쓰러졌고 어지럽게 널려 있던 술병과 술잔이 떨어지며 2차 소음을 만들어냈다.

싸늘해진 분위기를 더욱 험악하게 만드는 사내의 목소리가 울렸다.

"이런 씨발년이! 니가 무슨 정숙한 처녀 줄 알아? 그랬으면 방으로 들어오질 말든가, 그것도 아님 한 잔 마시고 사라졌으면 됐잖아! 실컷 처먹다가 호텔로 가자니까, 뭐? 지저분하게 껄떡대지 말라고? 이런 개 같은 년이!"

"악악!"

사내, 민종수는 말을 하다가 다시 화가 나는지 쓰러진 여자를 다시 몇 번이고 밟았다.

여자의 친구로 보이는 여자가 갑작스러운 상황에 잔뜩 얼어 있다가 밖으로 뛰어나갔지만 눈이 뒤집히다시피 한 민종수는 쓰러진 여자를 괴롭히는 데 정신이 팔려 있었다.

"내가 누군지 알아! 민종수야, 민종수! 감히 네까짓 게 날 무시하고 무사할 줄 알았냐? 응!"

이미 정신을 잃은 여자를 향해 연신 고함을 치는 그의 모습은 미친놈 그 이상도 이하도 아니었다.

그때 양복을 입은 몇 명의 사내가 들어왔다.

앞장서 들어온 머리 큰 남자는 짜증이 난 듯 신경질적으로 머리를 긁적거리더니 말했다.

"아～ 젠장! 어찌 된 게 하루에 한두 명씩은 저런 새끼들이 있냐? 야! 여자 많이 다친 것 같진 않으니까 일단 데려다가 다른 방으로 옮겨."

"예!"

머리 큰 남자의 명에 뒤에 서 있던 두 명이 달려가 여자를 일으키려 했다.

그제야 민종수가 사내들을 발견하고 소리쳤다.

"야! 너희들 뭐야? 내가 술 마시고 있는데 누가 들어오라고 그랬어? 삵이 어디 있어? 삵이 들어오라고 해!"

민종수의 외침이 사내들에겐 들리지 않는지 여자를 데리고 밖으로 나갔다. 그리고 곧 문이 닫혔다.

"내 말 안 들려? 이것들이 죽으려고 작정했구나! 삵 이 새끼는 애들 교육을 어떻게 시키는 거야!"

머리 큰 남자의 눈은 점점 사나워지는 반면 입은 환하게 웃는 것처럼 점점 벌어졌다.

그는 홍대, 신촌, 이대를 중심으로 서대문 일대를 장악하고 있는 연희 삼거리파의 행동대장인 서창해로 화가 났을 때 눈은 사나워지면서도 환하게 웃는 모습이 선비탈을 닮았다고 해서 별명이 선비탈이었다.

하지만 얼핏 듣기에 조폭답지 않은 별명 말고도 하나가 더 있었는데 그건 바로 '12개의 독니'라는 별명이었다.

환하게 웃을 때 이가 12개가 보이면 그땐 누군가를 반드시 물어 죽인다고 해서 붙여진 것이었다.

지금은 그의 이가 8개만 보이고 있었다.

"손님, 술을 자셨으면 얌전히 집에 들어가서 잠이나 자지 왜 여기서 행패십니까? 그리고 여자를 그렇게 때리면 잘못하면 죽습니다. 다행히 내가 보기엔 조금 다친 것 같은데 돈도 제법 있어 보이니 적당한 위로금으로 여기서 끝냅시다."

서창해는 시끄러워져 봐야 이래저래 자신들만 손해였기에 가급적 말로 해결되길 바랐다.

"위로금? 씨발! 내가 받아도 시원찮을 판국에 왜 그년한테 위로금을 줘?"

"경찰이 오면 이래저래 시끄럽게 되고 거기까지 가면 서로 곤란하지 않겠습니까?"

"하아~ 이 병신은 뭐야! 그깐 걸 왜 내가 신경을 써야 하는데. 닭을 부르라고! 이 씨발놈들아!"

와장창! 쨍그랑!

민종수는 테이블을 쓸어버리며 술병과 잔을 서창해에게 던졌다.

"…하아~ 좋은 말로 하면 꼭 이런다니까."

서창해는 이가 10개가 보일 정도로 웃으며 민종수에게 다가갔다.

"삵을 부르라고! 삵을……"

쫙!

솥뚜껑처럼 큼지막한 손이 민종수의 뺨을 후려쳤고 민종수는 주먹으로 맞은 것처럼 소파에 나뒹굴었다.

"이 미친……"

짝! 짝!

그는 입이 터졌는지 피를 흘리며 발작적으로 소리치려 했다. 그러나 말을 다 끝내기도 전에 사정없이 솥뚜껑이 그의 양 볼에 날아왔다.

"야! 이 새끼야. 여기가 동물원도 아닌데 왜 삵을 찾고 지랄이야, 응? 혹시 강남 두치파의 삵을 말하나 본데 그 새끼를 안다고 여기 와서 까불면 안 되지. 고작 삵이라는 이름에 내가 겁먹을 것 같으냐?"

민종수가 여자에게 그러했듯이 서창해는 말을 하면서 그에게 계속해서 귀싸대기를 날렸다.

양 볼에서 느껴지는 고통에 술기운에, 분노에 출장 갔던 민종수의 정신이 차츰 돌아왔다.

'…빌어먹을, 여긴 강남이 아니라 홍대잖아.'

거의 강남에서 놀던 그가 홍대까지 온 건 민서준과 전두치의 관계가 틀어지면서부터였다.

민서준이 돈이 없을 거라 믿고 당당하게 건물을 뺏으려 했던 전두치의 생각은 보기 좋게 빗나갔다. 그에겐 우당을 사기친 돈이 있었다.

수백억의 돈을 강탈당하다시피 한 민서준도 당하고만 있지 않았다.

그가 지금까지 모아뒀던 전두치의 각종 불법을 검찰, 경찰에 넘기고 그의 뒷배가 되어주던 유력 정치인을 이용해 검경에 수사 압력을 넣었다.

결과 둘 사이는 극도로 악화됐다. 물론 두목인 전두치가 경찰에 불려 갈 정도로 최악은 아니었다. 그러나 그로 인해 전두치를 등에 업고 강남에서 호가호위하던 민종수가 이제는 그냥 돈 많은 사람 중 한 명이 되기에 충분했다.

'전두치 이 개새끼! 아버지 돈을 꿀꺽한 것도 부족해 내 계획 꿀꺽하고 날 이 지경으로 만들어! 내 기필코 네놈을 죽여버리고 말 거다!'

민종수는 그가 현재 당하고 있는 일이 아버지와 자신을 배신한 전두치의 탓이라고 생각했다.

분노는 분노일 뿐 지금은 눈앞의 사내에게 집중해야 할 때였다.

"어라? 이 새끼 겁먹었네. 술 좀 깨냐? 이제야 대화가 좀 되겠군. 삯도 알고 행동하는 걸 봐선 귀한 집 도련님 같은데 좋게 하자. 피차 피곤하잖아, 안 그래?"

서창해의 벌어지던 입이 평범하게 바뀌었다. 그의 입장에서도 조무래기 한 놈 건드렸다가 피해를 입기엔 쪽팔린 일이었다.

"방금 전에 살짝 만져준 건 술이 깨라는 의미였으니까 잊어. 여자 때린 건 우리가 말 잘해줄 테니까 어느 정도 집어주는 선에서 마무리하자고. 오케이?"

민종수는 이때 고개를 끄덕였어야 했다. 한데 상대방이 한 걸음 물러나자 자신의 처지를 망각했다.

"어디서 개수작이야! 경찰 불러! 술집 년을 데려다가 이런 식으로 사기 치는지 누가 모를 줄 알아? 아니다, 내가 직접 한다. 너희들 꼼짝 말고 기다려."

민종수는 전화기를 주섬주섬 꺼냈다. 그러나 버튼을 누르기도 전에 전화기는 서창해의 손을 거쳐 벽으로 날아가 부딪쳤다.

"무, 무슨… 크윽!"

눈앞이 번쩍하며 안면 뼈가 골절되는 듯한 충격이 느껴졌다.

서창해는 12개, 아니 왼쪽 어금니가 하나 빠져 11개의 이를 내보이며 웃고 있었다.

'서, 설마… 12개의 독니?'

두치파와 자주 어울리던 민종수는 조폭 세계에 대해 꽤 잘 알았다. 그중 피해야 할 세 사람에 대해선 귀에 못이 박히도록 들었는데 그 세 사람 중 한 명이 바로 서대문의 선비탈이었다.

일단 그가 12개, 이제는 11개의 이를 보이면 최소한 몇 군데는 부러지고 나서야 멈춘다는 걸 알고 있는 민종수는 엄습해 오는 두려움에 몸을 떨 수밖에 없었다.

"…하여간 좋은 말로 하면 꼭 기어오르는 것들이 있단 말이야. 야! 문 잠가. 오늘 여긴 영업 안 한다."

"아, 아니, 당신 말대로 하… 컥!"

"늦었어, 이 새끼야."

서창해는 민정수를 사정없이 두들기기 시작했다.

'누, 누가 나 좀 살려줘!'

입을 열 틈도 없었지만 입을 여는 순간 이가 왕창 나갈 것 같은 생각에 속으로만 외칠 수밖에 없었다.

그의 몸은 점점 소금을 잔뜩 먹은 달팽이처럼 쪼그라져 갔다. 그때 그의 간절함을 누군가가 들었는지 서창해의 주먹질이 멈췄다.

"도대체 어떤 새끼가 내가 일하는데 문을 두들기는 거야!"

서창해는 짜증이 났지만 계속 누군가가 계속 문을 두들겼기에 문을 열게 했다.

여자를 데리고 갔던 그의 수하 중 한 명이었다.

"뭐야!"

"형님과 얘기를 하고 싶어 하는 이가 있습니다. 천안에서 온 친구라고 하면 만나주실 거라고……."

"…진짜 천안이라고 했어?"

묻는 서창해의 입꼬리가 파르르 떨렸다.

12개의 독니가 11개의 독니가 된 사건과 관련이 있는 천안이었다.

"예, 형님."

"알았다. 저 자식은 잘 데리고 있어라. 도망가거나 하면 너희가 대신해야 할 거다."

그는 한번 화가 나면 끝장을 보고 나서야 풀리는 타입이었다.

수하가 안내한 곳은 바로 옆방이었다.

들어가자 익숙한 얼굴의 사내가 몇 명의 수하들과 앉아 있었고 온 지 꽤 됐는지 테이블엔 술병이 꽤 쌓여 있었다.

"여어~ 이게 누구야? 양상수 아냐?"

"오랜만이다."

"싸가지 없는 건 여전하구나. 여기가 설마 천안, 아니, 혜화동이라고 착각하는 건 아니겠지?"

"참나. 그때 일로 아직도 꽁해 있냐? 그리고 친구를 하자고 한 건 너였거든."

"젠장! 그럼 악마 같은 놈이 떡하니 있는데 살려면 별수 있냐? 근데 그때 그 악마는 어디 있냐? 지옥으로 돌아간 거냐?"

우연히 천안에 갔다가 천안 패거리들과 시비를 붙게 된 서창해는 모자를 깊게 눌러쓴 김철과 일대일 대결에서 제대로 싸워보지도 못하고 이 하나를 잃었다.

이후에 양상수가 모든 걸 처리했기에 자신과 싸운 김철을 그의 수하 중 하나로 생각하고 있었다.

"지옥이 아니라 천국에서 놀고 있다."

"그놈이 있는 곳이 지옥이야."

"오버는. 근데 안 앉을 거야? 한잔 받아."

서창해는 툴툴거리면서도 양상수의 옆에 앉아 술을 받았다.

서너 잔 정도 마신 서창해는 어느 정도 예의는 차렸다고 생각하고 물었다.

"근데 무슨 일이야? 나 일하다가 나왔으니까 할 말 있으면 해."

"옆방에 있는 친구 나한테 줘라. 여자 다친 것과 피해는 보상할게."

"…아는 놈이냐?"

'사건이 벌어지기 전부터 이 방에서 술자리를 하고 있었던 것 같은데 이제 와서 사건을 수습하려고 한다? 그놈에게 환심

을 살 목적인가? 그놈이 누구기에 이놈이 이러는 거지?'

질문을 하면서 서창해의 머리는 빠르게 돌아갔다.

"우리에겐 꽤 중요한 인물이다. 그리고 오늘 일을 비밀로 해 줬으면 한다."

"네가 왜 그래야 하지? 그리고 삶을 아는 걸 보니까 두치파 랑 연관이 있는 놈 같던데 넘기려면 그쪽에 넘겨야 하는 거 아닌가?"

"훗! 머리 쓰는 캐릭터였냐?"

"쓸 때는 쓰는 편이지."

"알려주고 싶은데 그럴 수가 없다. 대신 원하는 게 있다면 웬만하면 들어주지."

중요하다고 하니 더 궁금해졌다. 그래서 어느 정도 일인지 알아볼 겸 해서 적당한 가격을 불렀다.

"10억쯤 줄래?"

"줄게."

"진짜?"

"대신 돈은 지난번에 만난 그 친구 편으로 보낼 테니까 잘 받아라."

"날… 협박하는 건가?"

양상수는 농담처럼 말했지만 어감이나 말하는 태도가 협 박이었기에 얼굴을 굳히며 말했다.

"후후후! 난 자네의 귀가 참 부러워."

"협박하냐고 물었는데 무슨 엉뚱한 얘기지?"

서창해의 목소리가 다소 커졌다. 그리고 그의 얼굴이 차츰 선비탈을 닮아갔다.

한데 지금까지 웃던 양상수의 얼굴이 갑자기 싸늘해지며 말을 이었다.

"그 귀는 친구의 부탁은 들리지 않고 적의 협박만 듣는 것 같아서 하는 말이다. 뭐, 좋아, 자네가 원하는 대로 생각해. 그럼 어쩔 건데?"

"……."

완벽한 도발이었다.

평소 서창해의 성격이었다면 말보다 주먹이 먼저 나갔을 것이다. 그러나 그러지 못했다.

친구라고 해서, 사람 좋은 얼굴로 웃고 있어서 잊고 있었는데 양상수는 천안을 하나로 만들고 지금은 혜화동 일대를 장악하고 있는 폭력 조직의 두목이었다.

'…이길 수 있을까?'

김철―그에겐 모자 쓴 양상수의 수하―의 압도적인 강함에 지금까지 양상수의 실력을 간과하고 있었던 건 사실이었다.

막상 정색을 하고 말을 하니 과연 한 조직의 수장다운 카리스마가 뿜어져 나왔다. 거기에 분위기가 험악해지자 약간 당황하는 자신의 수하들과 달리 양상수의 수하들은 조금 전과 눈빛만 바뀔 뿐 별다른 움직임이 없었다. 한데 그게 더 그를 긴장시켰다.

서창해는 싸움을 선택하는 순간 득보다 실이 클 것이라는 확신이 들었기에 한발 물러나려 했다. 그러나 먼저 입을 연 건 양상수였다.

"하하하하! 이 친구 긴장하긴. 자네가 짓궂게 굴어서 장난 한번 쳐본 거야. 안 된다는데 굳이 구해야 할 정도로 가치가 있는 건 아냐. 그러니 옆방 놈은 자네가 알아서 처리해. 그럼 볼일도 끝났고 자네와 한잔했으니 일어나겠네."

양상수는 정말로 포기한 것처럼 손을 흔들곤 자리에서 일어났다.

"참! 친구로서 한마디 해준다면 처리하려면 확실히 하게. 적당히 몇 군데 부러뜨리는 걸로 끝나면 자네와 자네 조직까지 위험할 거야. 그놈 아버지가 보통 인간이 아니거든. 그럼, 다음에 우리 구역으로 한번 와. 그때처럼 밤새도록 마셔봐야지."

서창해는 친절하게 경고까지 해주는 양상수의 뒷모습을 물끄러미 바라보다가 말했다.

"…데려가."

양상수의 마지막 말에 마음이 흔들리긴 했지만 그 때문에 놓아주는 건 아니었다.

그에겐 분풀이용 한 놈 때문에 양상수와 척을 지는 게 더 위험하게 느껴졌다.

＊　　　＊　　　＊

시원한 바람이 분다. 물기를 잃은 낙엽이 날아와 테이블 위로 떨어진다. 그리고 커피 잔 옆에 잠시 머물다 바닥으로 뒹군다.

"가을 타나 봐요?"

보헤미안 자수가 손목 부근과 지퍼를 따라 박힌 검은색 블라우스와 살색 식탁보처럼 생긴 치마를 입은 여자가 맞은편 의자에 앉으며 물었다.

시원한 바람이 그녀를 지나며 약간의 담배 냄새를 싣고 내 코끝을 지나갔다.

"아, 낙엽이요? 그냥 심심해서 보고 있었습니다. 그리고 담배 피우려면 편하게 여기서 피우세요. 여기 저희 셋만 있는데 굳이 그 먼 곳까지 가서 피울 필요 있습니까?"

여긴 서울 근교의 골프장으로 필드 중간쯤에 있는 나무 그늘에 테이블을 놓고 인터뷰 중이었다.

오늘은 휴장일이라 넓디넓은 골프장엔 카메라맨과 기자, 그리고 나 셋뿐이었다.

"…가서 담배만 피우는 건 아니거든요."

"그냥 그렇다고요. 싫으면 말아요. 아까 하던 얘기나 계속할까요?"

"그래요."

검찰을 나오면서 기자회견을 한 지도 벌써 한 달하고도 보름이 지났다.

1초에 8명이 태어나고 5명이 죽는 세상에서 한 달이면 얼마나 많은 일이 일어나겠는가.

수많은 말과 기사들이 양산되었지만 시간이 흐르자 모든 것이 그러하듯 잊혀져 갔다. 이젠 인터넷에서 내 소식은 굳이 검색하지 않는 한 보이지 않았다.

이제 슬슬 활동을 하자는 이민기 부사장의 말에 가장 먼저 시작한 것이 이 인터뷰였다.

"신선제약 임시 주총에서 제가 경영권을 가지게 되었지만 사장은 회사에서 20년 이상 근무하며 의약품 개발에 힘쓰신 조용문 씨를 앉힐 생각입니다."

"연구만 하던 분께 경영 업무를 맡긴다니 이상하지 않나요?"

"아무것도 모르는 사람들이 장관도 되는데 그게 문제가 되겠습니까?"

"이 말을 기사화해도 되나요?"

"기자분들은 왜 개인적으로 농담하는 걸 기사화하는 걸 좋아하는지 모르겠군요. 제가 얼마나 곤욕을 치렀는지 아세요?"

"오히려 이익을 봤다는 게 저희 판단인데요? 어쨌든 오프더레코드를 부탁해야죠. 그리고 솔직히 자극적인 말이 들어가야 한 명이라도 읽거든요. 방금 그 말은 오프더레코드 할까요?"

"부탁드립니다. 아무튼 신선제약에 대해 아무것도 모르는 전문 경영인보단 제약에 대해 잘 아는 그분이 적임이라고 생각합니다."

미래의 신선제약을 키우게 되는 인물이 조용문이었다. 운이 따르기도 했지만 연구원 출신답게 이익의 50퍼센트 가까이를 연구에 재투자함으로써 미래를 향한 기틀을 만든 이였다.

"역시 조금 전 답변이 훨씬 좋네요. 다음 질문으로 넘어가죠. 지난번 '죽' 발언 이후에 많은 여성 단체들로부터 공인, 참! 공인이라는 말을 싫어하죠? 대중의 인기를 먹고사는 연예인으로서 품위를 손상시켰다며 은퇴를 하라는 말들이 있었는데 어떻게 생각하나요?"

"인정합니다. 솔직히 그럴까도 생각했습니다. 다만 솔직하다고 옹호해 주시는 분들이 계셔서 용기를 내 다시 시작하려 하니 좀 더 지켜봐 주셨으면 합니다."

"…어째 밋밋하네요. 오프더레코드 할 테니 솔직히 말해봐요."

"부러우면 지는 겁니다. 나 같은 죽이는 남자 만나길 바랍니다!"

"호호호! 역시 그쪽이 훨씬 듣기 좋네요."

"방금 건 솔직한 게 아니라 농담입니다. 잘못한 것과 솔직한 것을 구분 못 할 정도는 아닙니다."

"농담으로 했다는 거 알아요. 하지만 어떤 피드백이 올지 한번 써보고 싶긴 하네요. 호호호!"

인터뷰는 그 후로도 30분 정도 더 진행됐다.

대부분의 질문이 나에게 지난번 일에 대한 해명의 기회를 주는 듯한 것이었다.

"지금 갈 거 아니면 나 화장실 좀."

카메라맨은 마지막 질문을 끝으로 사진 몇 컷을 찍은 후 화장실이 급했는지 엉거주춤한 자세로 필드를 가로질러 뛰어갔다.

달캉! 치익!

기자는 담배를 입에 물고 지포라이터로 불을 붙였다. 그리고 다리를 꼬고 하늘을 향해 연기를 뿜었다.

"여기서 안 피운다고 하지 않았습니까?"

"그런 말 한 적 없어요. 그리고 이번엔 담배만 피우고 싶거든요. 한 대 줘요?"

"안 피운 지 꽤 됐습니다."

"후우~ 담배 연기 맡으면 참기 힘들지 않아요?"

기자는 내 쪽으로 길게 연기를 뿜으며 말했다. 그 모습이 꽤 도발적이었다.

난 어깨를 으쓱하는 걸로 대답을 대신했다.

"개인적으로 한 가지 물어봐도 돼요?"

"개인적인 질문을 싫어합니다만."

"호호! 내가 실수했네요. 오프더레코드를 조건으로 물을게
요."

그녀는 녹음기를 꺼내 배터리를 분해했다. 그리고 그것을
테이블 위에 올린 후 말을 이었다.

"애인 있어요?"

"……"

조용한 곳에서 인터뷰를 하며 깔끔하게 비웠던 머리가 갑
자기 복잡해졌다.

'최정연과의 관계에 대해 뭔가 들은 것이라도 있는 건가? 아
님 떠보는 거?'

무슨 의도로 묻는지 얼굴만 봐서는 알 수가 없었다.

일단은 없다고 하는 게 정답 같았다.

"없습니다만."

"그럼… 나 한 번만 죽여주면 어때요?"

"네?"

"나랑 잘 생각 없냐고요? 기자는 별론가요? 아님 제가 매력
이 없는 건가요?"

괜스레 긴장했다는 생각에 헛웃음이 나왔다.

"아뇨, 꽤 매력적입니다. 근데 사고 친 지 얼마나 됐다
고…… 이제 자제하면서 살렵니다."

"이거 오랜만에 당해보는 거절이네요."

"저도 오랜만에 하는 거절입니다."

"위로는 됐어요. 익숙하니까요."

기자는 별일 아니라는 듯 말했다. 그러나 듣고 거절한 나도 약간 민망한데 그녀는 어떻겠는가.

그녀는 애꿎은 담배꽁초를 발로 비벼 끄는 것으로 현재의 기분을 푸는 듯 보였다.

"아! 그리고 앞으로 나 같은 여자들이 꽤 많을 거예요. 아무쪼록 조심해요."

"왠지 저주 같군요."

"호호! 사람들 사는 곳이 어딘들 안 그럴까마는 연예계는 아주 심하다고 보는 게 좋아요. 섹스 중독자, 동성애자, 양성애자, 가학성애자 등, 별의별 사람들이 다 있죠. 그런 이들이 김철 씨를 동류로 본다는 소문이에요. 제 개인적인 생각으론 아닌 거 같지만."

어쩐지 요즘 매니저를 통해 한번 보고 싶다는 사람들이 부쩍 많아졌다.

"조언 한마디 하자면 차라리 놀려면 그런 사람들과 어울려서 놀아요. 그래야 비밀이 잘 지켜지지 않겠어요? 생각 바뀌면 연락해요."

명함을 손에 쥐여주고 그녀는 떠났다. 잠시 명함을 바라보다가 숲에다가 날려 버렸다.

"아무래도 정연이랑 사귀는 사이임을 밝히는 게 나을 것 같아."

유혹이 귀찮아서가 아니라 유혹에 약했다.

차를 타고 골프장을 나왔다. 뭔가 하나라도 건질 것이 있나 주위를 맴돌던 파파라치들도 이젠 보이지 않았다. 다만 처음 번호판을 단 검은색 승용차 한 대가 조심스럽게 따라오고 있었다.

"한 대가 쫓아오는데 따돌릴까?"

매니저 석도민이 말했다. 최정연을 만나러 가는 길이었기에 하는 말일 것이다.

"밴으로 따돌릴 수 있어요? 능력 좋네. 그럼 해봐요."

새로 활동을 시작하면서 이민기 부사장은 내 차를 스타들이 탄다는 밴으로 바꿔줬다.

"아! 미안. 착각했다. 그럼 어떻게 좀 돌아볼까?"

"아뇨, 그냥 가요. 파파라치는 아닌 것 같아요."

"파파라치면 어쩌려고?"

"별수 있나요. 당당하게 밝히고 이제부터 그냥 만나야죠."

"에휴~ 니 맘대로 해라. 너처럼 연속해서 스캔들을 일으키는 연예인은 드물 거다."

쇠뿔도 당긴 김에 빼랬다고 아예 마음을 먹고 최정연의 집으로 향했다.

할아버지의 허락 후 그녀는 다시 예전 집에서 지내고 있었다.

"왔어? 들어와."

기자의 유혹이 있은 후라 그런지 아름다운 최정연을 보자 힘이 한곳으로 쏠렸다. 그래서 손을 뻗어 그녀의 허리를 잡아 갔다.

짝!

한데 그녀의 가늘고 긴 손이 가볍게 내 손을 쳤다.

"왜? 누가 있어?"

있었다.

"…성은이 넌 회사 안 가냐?"

"흥! 할 일은 다 했거든."

"약속은 없냐?"

"…없어. 저녁 먹고 술까지 먹고 밤늦게나 갈 생각이야."

지난번 진 것에 대한 복수인지 눈치를 줬음에도 오히려 더 삐딱하게 굴었다.

"흐… 흐… 흥! 정연이에게 긴히 한 말이 있는데 말이야, 자리 좀 비켜주겠어?"

"귀 닫고 있을게."

하여간 밉상이다. 한마디 더 하려는데 최정연이 이번엔 등을 치며 말렸다.

"고민 때문에 온 애 괴롭히지 말고 어지간히 해. 갈 때 되면 어련히 갈까 봐."

"가재는 게 편이라더니……."

"그걸 이제야 알았어? 너도 게 시켜줄 테니까 앉아서 좋은 아이디어 한번 내봐."

뻔뻔하게 나가니 뭐라 할 수 없었다.

"무슨 일인데? 회사 일은 아닐 테고 남자 문제?"

"응. 어제도 맞선을 봤는데 이번엔 마흔 살의 재혼남이었대."

"마흔 살이든 오십 살이든 유전자만 괜찮으면 상관없지 않아? 결혼한다고 해도 쇼윈도 부부로 살 거잖아? 아니, 돈 많은 남자는 싫어하려나? 하긴 몸 멀쩡하고 제대로 정신 박힌 남자라면 힘들겠지."

"…네가 그걸 어떻게 알아?"

류성은만 만나면 왜 이렇게 생각 없이 말하는지 모르겠다.

그녀는 내게 물으면서도 날카롭게 바뀐 시선은 최정연에게로 향했다.

"내, 내가 말한 게 아냐! 비밀로 해달라는 걸 네가 미쳤다고 말했겠어?"

"그럼 어떻게 알았을까?"

"나야 모르지."

두 사람의 시선이 동시에 나에게 꽂혔다.

"…추측이야. 그래, 추측. 남자혐오증이라면서 남자랑 어떻게 정상적인 결혼 관계를 유지할 수 있겠어? 조금만 생각해도 누구나 알 수 있겠다."

"……"

"아무튼 맞선을 봐서는 절대 네 짝을 찾을 수 없어. 전략적 제휴를 맺을 수 있다면 좋겠지만 그러려면 분명 남자는 조건을 미끼로 많은 것을 원하겠지."

"알아. 우리도 그 때문에 고민 중이었어. 그러니 좀 더 실현 가능한 생각을 해봐."

다행히 화제를 돌렸다.

속으로 한숨을 내쉬며 물었다.

"언제까지야?"

"올해 말까지래."

"음, 너무 촉박한데……. 내가 생각하기엔 성은이가 완전히 자리를 잡을 때까지 연기만 해줄 사람이 있다면 좋을 텐데 말이야. 아예 대역 배우를 고용하는 게 어때? 아! 돈이 없어서 힘들겠네. 혹시 성은이에게 비자금 있으면 남자에게 줘서 제법 그럴싸하게 만들 수 있을 것 같은데."

"만일 성은이가 남자를 데려가면 남자의 집안 사람들은 물론이고 어디에서 태어났고 어디 유치원에 다녔는지까지 철저하게 조사할 거야. 절대 드라마처럼 허술하지 않아."

"허술하게 해선 안 되지. 그런 것도 완벽하게 만들어둬야지."

"짧은 기간이라면 모를까. 불가능이야. 최소한 1~2년은 그렇게 해야 하는데 그 전에 들킬 거야. 그럼 앤 정말 끝이야."

"그래? 쩝! 그것 말고는 딱히 좋은 생각이 없다."

사실 내 일은 그녀가 어떤 남자를 만나는지 지켜보고 있다가 류성철의 아버지라면 방해를 하고 아니라면 그대로 놔두는 것이었다.

내 일만으로도 충분히 머리가 아픈데 류성은을 신경 써줄 여력은 없었다.

"참! 사실 너한테 할 말이 있어."

"뭔데?"

"우리 사귀는 걸 공식적으로 발표할까 하는데 네 생각은 어때?"

"나야 좋아. 근데… 갑자기 왜 그런 생각을 한 거야?"

류성은 때문인지 생각했던 반응과 달랐다.

"기자회견 때문인지 귀찮게 하는 전화가 많이 와서. 그럴 때마다 너한테 미안하기도 하고 너랑 같이 있고 싶기도 하고. 쩝! 됐다. 좀 참아보지, 뭐. 내년쯤이나 생각해 보자."

"미안. 나도 너랑 같이 있고 싶은데……. 아! 맞다! 그런 방법도 있었네! 류성은의 문제와 네 문제를 한꺼번에 해결하고 너랑 나랑 자연스럽게 자주 만날 수 있는 방법이 있어!"

어떤 좋은 생각이 떠올랐기에 최정연은 박수까지 치며 좋아했다.

'류성은의 문제와 내 문제를 동시에? 설마……! 아닐 거야. 아무리 친한 사이라고 해도 그런 생각까지는…….'

문득 떠오르는 생각이 있었다.

내가 잠깐 생각에 빠진 사이 최정연은 말을 이었다.

**제6장**

시간은 오묘해

"네가 성은이를 도와주면 되잖아! 돈 많은 배우 딱이잖아. 그리고 너와의 스캔들로 문제가 발생했으니 도의적으로도 맞고."

예상했던 말이 나오자 할 말을 잃었다.

연예계 생활을 오래 해서 남다른 가치관을 가지게 된 건지, 류성은과 정말 자매처럼 친해서인지는 모르겠지만 개인적으로는 이해가 되지 않았다.

"…제정신으로 하는 소리야?"

"…너 미쳤니?"

나와 류성은은 거의 동시에 말을 토해냈다. 그러나 최정연은 개의치 않고 설명을 계속했다.

"듣기에 이상하다는 거 나도 알아. 하지만 잘 들어봐. 철이 너 나한테 언제쯤 결혼할 생각이라고 했지?"

"…2017년 이후에."

"방금 전에 말했듯이 나 역시 너랑 연인 관계라고 대중에 알리고 싶어. 하지만 어차피 결혼을 5년 후에 할 거라면 1, 2년 늦어진다고 크게 달라질 것이 있을까? 사실 연인 관계가 오래되면 더 안 좋을 수도 있어."

"너무 엉뚱한 말이라 뭐라 해야 할지 모르겠다. 좋아! 백번 양보해서 그렇게 한다 치자. 1, 2년 뒤에 성은이랑 헤어지고 나서 그때 너랑 사귄다고 하면 세상이 어떻게 볼 것 같아? 우릴 보고 잘못된 만남이라며 수군댈 건 안 봐도 빤하지 않냐?"

"그땐 1년쯤 다른 여자랑 스캔들을 내면 돼."

"헐~ 유유상종이라더니…… 넌 내가 다른 여자랑 자면 아무렇지도 않냐?"

"이게… 누가 자래!"

잔다는 얘기가 나오자 최정연은 쌍심지를 켜고 소리를 빽 질렀다.

"내가 지난번 일에 화를 내지 않았던 건 우리가 정식으로 사귀고 있지 않아서야. 그리고 설령 겉으로 아무렇지 않은 척했지만 속으로는 얼마나 아팠는지 알아? 내가 그런 여자보다 못났나 싶어 얼마나 자괴감이 들었는지 알아?"

"……"

말 한번 잘못 꺼냈다가 지난번에 듣지 못했던 잔소리와 원망을 소급해 들어야 했다.

최정연은 근 10분에 걸쳐 울분을 토한 후에 다시 내가 류성은을 도와야 하는 이유에 대해 설명을 했고, 이땐 조용히 경청을 해야 했다.

류성은이 남자혐오증을 가지고 있으니 잘못된 만남이 될 가능성은 없고 친구의 위급한 상황을 도와줄 수 있지 않느냐는 그녀의 말은 일견 타당했다.

'근데 내가 도대체 왜 그래야 하냐고!'

조금 귀찮은 일을 피할 겸 마음 편히 만나자는 생각에 사귀는 걸 발표하자고 한 것뿐이다. 한데 더 큰 귀찮음을 안겨 주는 일을 내가 굳이 할 이유가 어디 있단 말인가.

"긍정적으로 생각해. 성은이도 도울 수 있고 우린 성은이를 핑계로 더 자주 만날 수도 있잖아."

'긍정적으로? 전혀 긍정적인 게 없잖… 가만! 어쩌면 류성철의 아버지를 아예 못 만나게 한다는 측면에선 괜찮은 건가? 게다가 류성은에 대해 좀 더 알아낼 수도 있고 말이야.'

곰곰이 생각하다 보니 그리 나쁜 제안은 아니라는 생각이 들었다. 이리저리 따져봐도 딱히 손해 볼 것은 없었다.

'하지만 성은이 쟤가 허락할 리가 없지.'

모르는 사람이라면 과거 내 졸업식에 와서 한 행동처럼 억지로라도 사귀는 사람인 양 연극을 할 수 있을지 모른다. 그러나 서로 으르렁대기 바쁜 사이에 그런 게 가능할 리가 없었다.

그때 당시에는 꽤 괜찮다고 생각했는데 지금 그녀가 아양 떠는 모습을 그려보니 몸이 부르르 떨렸다.

한데 내가 부르르 떠는 모습에 최정연이 오해를 한 모양이었다.

"…내 얘기가 그 정도로 싫어? 그렇다면……."

"아니. 내가 보기엔 그리 나쁜 생각은 아닌 것 같아."

"정말? 정말 그렇게 생각해?"

"응. 근데 성은이가 허락할 리가 없잖아, 안 그래?"

난 결정을 류성은에게 넘겼다.

당연히 거절할 줄 알았던 그녀의 입에서 의외의 말이 나왔다.

"고마워. 거절해야 옳다는 걸 아는데 너무 급해서 고양이 손이라도 빌려야 할 것 같아. 도와준다면 이 은혜 절대 잊지 않을게."

"이야! 잘됐다! 성은이가 허락했으니까 된 거지?"

난 생각한 바와 한 말이 있었기에 고개를 끄덕였다.

그에 최정연은 자신의 일처럼 좋아했다.

아마 류성은과 나 사이에 문제가 발생해 둘 중 한 명을 선택하라고 한다면 류성은을 선택할 게 분명했다.

"그럼 저녁 먹으면서 본격적으로 계획을 짜볼까?"

신이 난 최정연의 주도하에 우린 밤늦게까지 어떻게 할지 얘기를 나눴다.

*　　　*　　　*

미래는 내가 현실로 돌아오면 초기화된다는 가설은 먼 미래의 경우만 해당되었고, 또한 그 경우도 반드시 초기화되는 것이 아니었다.

현재의 변화가 없다면 일어날 일은 현재가 바뀌면 사라지듯, 미래도 초기화된다는 의미였다.

가설은 가설일 뿐. 에너지가 아까웠지만 실험을 해봐야 했다.

물끄러미 오후 3시를 가리키고 있는 벽시계를 바라보았다.

이제 움직여야 할 때였다.

난 대충 옷을 입고 밖으로 나갔다. 그리고 편의점으로 향했다.

"2,500원입니다. 혹시……?"

"네, 안녕하세요. 돈 여기 있습니다."

직원이 알은체했기에 적당히 인사를 하곤 편의점 한쪽에 마련된 의자에 앉아 산 음료수를 마셨다.

사람들이 지나가는 것을 보며 잠깐 시간을 보냈다. 그리고

30분쯤 지난 후에 다시 집으로 들어갔다.

"역시 문이 열려 있네."

나올 때 세 번이나 확인을 한 현관문이 살짝 열려 있었다. 거실로 들어가자 3시임을 확인했던 벽시계가 소파 위에 놓여 있었다.

"여기까진 이루어졌군."

이틀 전 나는 염을 이틀 후의 과거, 즉 오늘 3시 10분쯤으로 보냈다. 그리고 지나가는 사람의 몸에 빙의를 해 집으로 들어와 벽시계를 내려놓고 나간 것이다.

테스트는 끝난 것이 아니었다. 아직 한 가지가 더 남았다.

그 후 난 빙의 대상자로 밖에서 잠깐 기다리다가 다시 집으로 들어와 이번엔 시계를 부쉈는데 그 일이 일어나지 못하게 할 생각이었다.

빙의 대상자가 들어오지 못하게 전자 도어의 비밀번호를 바꾼다면 과연 어떻게 될까?

이틀 전의 기억이 바뀌게 될까? 아님 시간이 오류를 바로잡기 위해 날 이틀 전으로 보내 버릴까? 그것도 아님 나라는 존재가 사라져 버릴까?

'세 번째라면 좋 되는 건데…….'

약간 두려우면서도 설마라는 심정으로 실험을 강행하기로 했다.

삑! 삑! 삑! 삐삐삑!

전자 도어의 비밀번호를 바꾸기 위해 일단 리셋을 시키려 했다.

"어라? 이거 왜 이래?"

오전까지만 해도 잘도 비밀번호가 바뀌더니 지금은 바뀌지가 않았다.

몇 번을 해도 마찬가지. 734816이라는 비밀번호는 바뀌지 않았다. 시간을 확인해 보니 4시. 이제 곧 빙의 대상자가 들어올 시간이었다.

"빌어먹을!"

시간이 다가올수록 마음은 조급해졌고 그럴수록 손이 어지러워졌다.

덜컹!

대문 열리는 소리가 들렸다.

20초 후면 염이 빙의한 사람과 만나게 될 것이다.

여러 가지 생각이 머리를 스쳤다.

그냥 피할까? 전자 도어를 부숴 버릴까? 그냥 기다려 볼까? 등등.

그러나 곧 피해야 한다는 걸 알 수 있는 일이 발생했다. 빙의 대상이 가까워질수록 에너지가 사라지고 있었다.

난 전자 도어를 내버려 두고 그대로 집 안으로 들어가 거실을 지나 내 방으로 올라갔다.

전자 도어 누르는 소리가 들리고 빙의 대상이 들어오는 소리가 들렸지만 방 안에서 꿈쩍도 하지 않았다.

쨍그랑!

시계 유리가 박살 나는 소리가 들리고 잠시 후 그가 떠나는 소리가 들렸다.

"휴우~ 죽을 뻔했다."

숨까지 죽이며 있던 난 길게 한숨을 내쉬며 그대로 주저앉았다.

시간의 소용돌이가 생기고, 염이 존재하는 시간대에 새로운 염을 보내지 못했던 이유가 있었던 것이다.

이번 일로 시간을 가지고 절대 장난을 치면 안 된다는 걸 확실히 배웠다.

"두 번 다시 이따위 짓은 안 한다."

죽을 뻔했다는 두려움과 살아났다는 안도감은 '시간은 과거를 우선시한다'라는 간단하지만 중요한 사실을 간과하게 만들기 충분했다.


아침저녁으로는 제법 쌀쌀해졌다.

야경이 볼만한 가로수 길이라 차에서 내려서 서늘한 밤공기를 느끼며 일식집 '서울'로 걸었다.

드라마 촬영을 하는지 구경꾼들이 한 카페 앞에 모여 있었는데 그곳을 피해 돌아간 걸 빼곤 아무런 방해 없이 곧바로 목적지에 도착했다.

"어서… 오세요. 일본을 싫어하는 사람을 이곳에서 또 보게 될 줄은 몰랐네요."

카운터에 앉아 있던 미루 아끼코가 인사를 하다가 나라는 걸 확인하고 노골적으로 싫은 표정을 지었다.

사실 그녀를 만나기 위해 오현수에게 연락처를 물어 전화를 했지만 없는 전화번호라 무작정 시간을 내 찾아온 것이다. 한데 이렇게 바로 만나게 될 줄은 몰랐다.

"당신을 만나러 왔습니다."

"날 왜요?"

"지난번 일로 사과하려고요. 한데 이곳에서 아르바이트하는 겁니까?"

"아뇨. 회사를 그만뒀어요. 근데 방금 저한테 사과하러 왔다고 했나요? 지난번에 했잖아요?"

"당신과 말다툼 후 곰곰이 생각해 보니 그때의 사과만으론 부족한 것 같아서요."

"굳이 그럴 필요… 일단 저리 가서 앉아 있어요."

한창 손님이 나오는 시간이었는지 카운터 앞에서 길게 얘기할 수 없었다.

적당한 구석 자리에 앉아 음식을 주문했고 음식이 나온 후 조금 이따가 아끼코가 왔다.

"주방장이 꼬치를 맛있게 해요. 여기 꼬치랑 내가 먹는 사케 한 병 갖다 줄래?"

내가 주문한 것이 마음에 들지 않았는지 주문을 다시 한 그녀는 맞은편에 앉았다.

"내가 여기 있는 줄은 어떻게 알고 왔어요?"

"몰랐어요. 그냥 단골인 것 같아서 한 일주일쯤 오면 만나겠지 싶어 왔습니다. 한데 직원은 아닌 거 같은데……."

"할아버지 때문에 만든 곳이에요."

"아하~"

"할머니가 예전에 주점을 하셔서 그 향수 때문에 좋아하는 것뿐이니 이상한 상상은 말아주세요."

"이상한 상상이라니요?"

"일제강점기 때의 추억이나 한국 음식을 싫어하셔서가 아니라… 내가 왜 변명을 하고 있니? 아무튼 이상한 의도로 만든 것은 아니라는 말이에요."

"그 정도로 삐뚤어지진 않았습니다만."

"그건 김철 씨 생각이고요."

"뭐, 그런 생각을 하는 것 또한 나로 인해 시작된 것이니 미안합니다. 그리고 지난번 일 다시 한 번 진심으로 사과드립니다."

"…받아들이죠. 어차피 지난 일이고 이제 미련도 없으니까요."

"나 때문에 회사를 그만둔 겁니까?"

"그럴 리가요. 고작 그딴 일 때문에 노력조차 안 하려는 회사가 마음에 들지 않기도 했고 일본으로 발령을 내려 해서 겸 사겸사 그만둔 거예요."

난 자세를 바로 해서 고개를 숙이며 사과했고 아끼코는 시원하게 내 사과를 받아들였다.

소기의 목적을 달성했다. 한데 사과가 끝나자마자 곧 서먹서먹해졌다. 딱히 할 말이 없었다.

어색하게 술을 몇 잔 마시다가 문득 말문을 열 거리가 생각났다.

"참! 내 이름 때문에 현혹되어 선택했다고 했는데 혹시 전남자 친구 이름이 김철이었습니까?"

"그랬으면 절대로 안 썼겠죠."

"하긴. 그러네요. 그럼요?"

"재미있는 얘기가 아니에요."

"이 꼬치와 술을 다 마실 때까지 딱히 할 얘기가 없잖아요? 맞장구 잘 쳐줄게요."

"듣고만 있겠다니 꽤 뻔뻔하네요."

아끼코는 입을 삐죽이면서도 말을 이었다.

"내가 왜 김철이라는 이름에 현혹되었는지 알려면 할아버지에 대해 말해야 해요."

"아끼코 씨의 할아버지?"

"네. 할아버지께서 몇 년 전부터 당신이 김철이라고 하셨거든요."

"에?"

맞장구를 쳐준다는 약속 때문이 아니라 그녀의 말에 흥미가 갔기에 절로 나왔다.

"아! 물론 연세가 많으셔서 정신이 온전치 않아 큰 의미를 둘 이유는 없어요. 당신이 김철이라고 할 뿐만 아니라 때론 개똥이라고 하시거든요."

"개똥이!"

아끼코의 말에 난 묘한 전율을 느꼈다. 그리고 아끼코의 할아버지가 내가 아는 그 사람이 아닐까 하는 생각이 들었다.

"…할아버님이 일본인 아닙니까?"

"한국을 유독 좋아하시긴 하지만 당연히 일본인이죠. 그러니 내가 일본인이겠죠?"

"한국을 좋아하는 이유는 뭐라고 하셨습니까?"

아직까지 내가 1943년에 찾았던 개똥이가 맞는지는 확실치 않았다. 그러나 아니라는 것 또한 확신할 수 없었기에 재빨리 물었다.

"일제강점기 때 할아버지, 할머니가 한국, 그때는 조선이라고 해야 하나? 어쨌든 한국에 지내면서 좋은 인상을 받았나 보죠."

"혹시… 두 분이 계셨던 곳이 군산 아닙니까?"

"어? 그걸 어떻게 알았어요? 난 말한 적 없었는데?"

……!!!

'개똥이가 살아 있었어!'

아직까지 100퍼센트라고 할 수 없었지만 난 아끼코의 할아버지가 개똥이였음을 확신했다.

가슴 한편에 가지고 있던 죄책감이 조금은 가벼워지는 것 같았다.

떨리는 마음을 진정시키면서 의심의 눈길로 보는 아끼코에게 말했다.

"다, 당시 군산에 많은 일본인들이 있었으니까요. 조부모님에 대해 좀 더 자세히 들을 수 있겠습니까?"

"맞장구치곤 좀 과하네요. 할머니께선 군산에서 음식점을 하셨어요. 어느 날 음식점에 놀러 온 할아버지를 본 할머니는 빡빡 깎은 머리에 듬직해 보이는 모습에 한눈에 반하셨대요."

"스님은 아니셨을 테고?"

"나중에 치료를 하면서 당시 순사들에게 들었는데 사업차 온 야쿠자였대요."

"…치료라면?"

"일본이 그리우셨던 할머니는 일이 끝나면 간혹 군산항에 나갔는데 그때 총상을 입은 채 바닷가에서 정신을 잃고 쓰러져 있던 할아버지를 발견하셨대요."

의심할 여지가 없었다.

당시 머리에 총상을 입은 개똥이는 운 좋게 바닷가 근처에 표류했고 아끼코의 할머니—정보를 듣기 위해 들른 음식점에서 내게 다음에 같이 밥을 먹자고 했었던 일본 여성—에게 발견되어 구사일생으로 살아남게 된 것이다.

아끼코의 얘기는 계속되었고 그가 어떻게 일본인으로 살아가게 되었는지 알게 되었다.

아끼코 할머니의 치료 덕분에 살아난 개똥이는 총상 때문에 한 가지를 얻게 되고 한 가지를 잃게 된다.

얻은 것은 어린 시절 나무에서 떨어지면서 다쳤던 머리가 정상적으로 돌아온 것이고 잃은 것은 기억이었다. 거기에 운도 따랐다.

내가 순사들과 얘기할 때 어쭙잖게 한 얘기 덕분에 야쿠자의 일원으로 인정받은 것도 모자라 때마침 군산에 있던 야쿠자 조직이 누군가에게 습격을 당해 모조리 죽어버리는 바람에 유일한 생존자처럼 되어버렸다.

이후 자신이 야쿠자라 믿은 개똥은 1945년 해방이 되기 전까지 새롭게 정비된 료가 조직의 군산 지부를 이끌다 해방이 되면서 일본으로 가게 되었다.

일본으로 건너간 그는 그 후로도 계속 승승장구를 했고 1975년 료가 조직을 물려받았다.

"…1995년 아버지에게 조직을 물려준 할아버지는 2003년 할머니가 돌아가실 때까지 일본에 머무르다 2004년에 돌연 한국행을 결정하셨죠. 아무튼 그때부터 할아버지는 간혹 자신을 김철, 혹은 개똥이라고 중얼거리셨어요."

아끼코의 긴 얘기가 끝났다.

얘기를 듣는 동안 개똥이가 살아 있음에 감사하면서도 몇 가지 의문이 생겼다.

일본어를 몰랐던 개똥이가 어떻게 언어를 극복했으며, 싸움이라면 10살이나 어린 애들과의 싸움밖에 못 하던 그가 어떻게 야쿠자로서 우뚝 설 수 있는지, 마지막으로 개똥이야 그렇다고 쳐도 어떻게 자신을 김철이라고 생각하는지 궁금했다.

마지막 것을 제외하곤 직접 물어봤다.

"할아버지께서 일본어에 능숙하셨습니까?"

"기억상실증에 걸린다고 언어를 잊어먹나요?"

"야쿠자라면 꽤 강했겠군요?"

"어디서 배웠는지는 잊었지만 무술도 굉장히 잘했다고 들었어요. 일본에서 20 대 1로 상대 조직원을 무찔러 이름을 날리셨거든요. 근데 질문이 갈수록 이상해지는데 혹시 저희 할아버지를 알아요?"

내 질문이 맞장구 수준을 벗어났는지 아끼코는 눈을 좁히며 물었다.

"모… 못 믿겠지만 제가 어릴 때 할아버지에게 들었던 분과 비슷해서요. 그분 이름이 개똥이여서 확실히 기억하고 있습니다. 그리고 그분을 할아버지가 군산에서 뵈었다고 들었거든요."

'모른다'라고 대답하려다 한 번쯤 보고 싶었기에 적당히 둘

러댔다.

"예? 댁의 할아버지께서 개똥이라는 분을 군산에서 만난 적이 있다고요? …굉장히 뜻밖의 말이군요?"

"그저 말을 듣다가 제가 할아버지께 들었던 얘기와 비슷한 부분이 많아서 한 얘기일 뿐입니다."

"어떤 얘기인데요?"

난 1943년에 있었던 일을 마치 들은 얘기마냥 약간 각색해서 들려주었다.

"…아무튼 할아버지는 해방 후 군산으로 가 당시 당신을 구해줬던 개똥이라는 분을 수소문하셨답니다. 그러다 그때 같이 구함을 받으셨던 분을 만나 일본군의 총격에 맞고 돌아가셨다는 얘기를 들었고요."

"……!"

아끼코는 내 얘기를 듣고는 굉장히 놀란 표정을 지었다.

"왜요? 혹시 들은 적이 있는 이야기입니까?"

"어, 얼핏 할아버지가 비슷한 얘기를 하셨어요. 전 당시 동료들과 도망가다가 총탄에 맞았다고 생각했는데… 당신 말이 사실이라면……."

"전혀 별개의 사건일 수도 있습니다. 당시 개똥이라는 이름을 가진 분들도 많았을 테니까요."

자신이 어쩌면 일본인이 아니라 재일 교포일지도 모른다는 사실에 놀랐는지 그녀는 꽤 당황하는 표정이었다. 그래서 아닐 수 있다고 말해주었다.

"혼란스럽게 했다면 미안합니다. 저… 혹시 할아버님을 한 번 뵐 수 있겠습니까?"

한참을 멍하니 앉아 술잔만 만지작거리는 그녀에게 은근히 물었다.

그녀는 멈칫하더니 잠시 생각 후 답했다.

"생각해 보고 연락을 할게요. 오늘은 그만 가줄래요?"

"그러죠."

난 자리에서 일어났다. 그리고 그녀의 연락은 사흘이 지난 후에야 왔다.

*          *          *

내가 만드는 염이 단순한 에너지라고만 생각했는데 개똥이 의 일로 달리 생각할 수밖에 없었다. 그렇지 않고서야 개똥이 에게 일어난 일을 설명할 수가 없었다.

하긴 과거가 바뀜으로써 김철이 사라졌을 때를 생각해 보 면 단순한 에너지였다면 나를 잃었을 때 존재 자체가 사라졌 어야 옳을 것이다.

즉, 개똥이가 총격을 받았을 때 그 충격으로 내 의식은 튕 겨 나왔지만 미처 사용하지 못하고 회수 못 한 에너지가 개똥 이의 의식에 남아 있었던 것이다.

그리고 그 에너지가 그가 일본어와 무술을 할 수 있게 했고 자신이 '김철'이라는 의식을 갖게 만들었음이 분명했다.

일견 염이 단순한 에너지체가 아니라는 사실을 알게 된 것에 불과해 보이겠지만 내겐 큰 무기를 하나 손에 넣는 계기가 되었다.

난 사람들의 정신을 잠깐 잃게 만들 때 사용하던 테니스공만 한 구를 만들어 옆자리에 앉아 차창 밖을 보고 있는 아끼코에게 쏘았다.

그리고 강력하게 아끼코의 기억을 원했고 그 순간 그녀의 기억이 머릿속으로 들어왔다.

에너지가 순식간에 사라졌음에도 약간의 이상함을 느꼈는지 아끼코는 잠시 두리번거렸다. 그러나 곧 별일 아니라는 다시 시선을 창밖으로 돌렸다.

그녀가 한국에 들어와 일식 주점인 '서울'을 만들고 훈다자동차에서 고군분투하는 기억들과 최근 고민하는 사소한 기억들까지 대략 5년 치의 기억이었다.

'꽤 당차게 사는 여자군.'

그녀가 내게 했던 말 중에 거짓은 없었다.

한국을 사랑했고 두 나라의 관계가 조금이라도 가까워지길 바라며 자신이 할 수 있는 일을 꾸준히 해오고 있었다.

위안부 피해 할머니의 쉼터로 가 일본을 대신해 사죄하는 모습이나 회사를 그만두면서 상사에게 욕을 쏟아붓는 모습은 꽤 인상적이었다.

그런 그녀도 지금 자신의 성체성에 대해 고민 중이었다. 한국을 사랑한다고 하지만 일본인으로 살아온 그녀였다.

'그나저나 기억을 읽는 건 자제해야겠어. 마치 오랜 친구처럼 느껴지잖아.'

아끼코를 이해하는 걸 넘어서 마치 나와 동일시하는 듯한 느낌이 들었다.

그래서일까. 고민하는 그녀를 향해 한마디 했다.

"고민하지 마세요. 당신은 당신일 뿐입니다."

"…뜬금없이 무슨 말이에요?"

"당신의 할아버지가 내가 알던 그분이든 아니든 당신에겐 할아버지일 뿐이라고요. 변하는 건 없습니다."

"…그래서요?"

"그냥 그렇다고요. 뭔가 고민하는 것 같은데 그 때문이 아닐까 싶어서요. 주제넘게 나섰다면 미안합니다."

그녀는 뭔가 더 말하려는 듯 입술을 달싹거렸지만 결국 하지 않고 고개를 돌렸다.


개똥이, 일본 이름 미루 히로는 북촌 한옥마을에 살고 있었는데 아마 어린 시절 그가 자란 곳이기 때문에 본능적으로 이끌렸을 가능성이 높았다.

"저기 앵두나무가 있는 곳이 아닙니까?"

차에서 내려 골목으로 올라가던 난 커다란 앵두나무를 보곤 물었다.

"어떻게 아셨어요? 당신 정말 수상한 거 알아요?"

"어떤 면에서요? 전 그냥 앵두나무에 할아버지 한 분이 올라가 계셔서 말한 것뿐입니다."

"에? 하, 할아버지!"

아끼코는 높은 굽의 구두를 신고도 단거리 육상 선수처럼 뛰어갔고 난 그 뒤를 따라갔다.

"도대체 뭣들 하고 있었던 거예요! 이러다 떨어지기라도 하면 어쩌려고……."

"죄송합니다. 어르신께서 워낙 강경하셔서……."

"얘긴 좀 이따 하기로 해요. 할아버지! 얼른 내려오세요."

열린 나무 대문으로 들어가자 아끼코는 일본어로 도우미들을 혼내다가 나무를 보며 소리쳤다.

"시끄럽다. 넌 어째 갈수록 목소리가 커지냐? 그리고 그 애들이 무슨 잘못이 있겠냐. 이 할애비가 고집을 피운 것뿐이다. 근데 여기선 한국어를 쓰라고 하지 않았느냐."

"지금 그게 중요해요! 얼른 내려오세요!"

"알았다. 알았으니까 제발 조용히 얘기하렴. 옆집 사람들이 경기를 일으키겠다."

올해 아흔 가까운 노인이라 생각하기 힘들 정도로 쩌렁쩌렁 울리는 목소리로 말한 할아버지는 도우미의 도움을 받으며 올라갈 때 사용한 사다리를 이용해 나무에서 내려왔다.

"밀쩡하시군요."

최근 온전할 때가 드물다고 들었는데 멀쩡해 보였기에 아끼코에게 귓속말로 말했다.

"얼마나 갈지 몰라요."

아끼코의 대답을 들으며 난 주름진 노인의 얼굴을 꼼꼼히 살펴보았다.

머릿속으로 오른쪽 머리 부근의 총상의 흔적과 주름을 지우고 세월에 흘러내린 피부를 다시 올렸다.

'살아 있었구나!'

의심할 여지가 없이 개똥이가 맞았다.

과거에 다녀온 후 심장 위에 놓여 있었던 무거운 두 개의 짐 중 하나가 완전히 사라졌다. 나머지 하나는 오늘 조금 가벼워질 수 있을지 모르지만 완전히 사라지지는 않을 것이다.

내가 그를 보듯이 나무에서 내려온 개똥이도 날 쳐다보며 천천히 훑어보았다.

"…이 젊은이가 네가 말하던 젊은인가 보구나?"

"네, 할아버지."

"난 이 청년과 얘기를 나눌 테니 넌 인사동에 가서 누룽지나 가지고 오렴."

"도우미가 있는데……."

"난 네가 갖다 주는 걸 먹고 싶다. 너희들은 차를 준비해

주려무나. 젊은이는 나랑 여기서 얘기나 하지."

수십 년간 야쿠자의 세계에서 살아온 사람답게 나이가 들었음에도 카리스마가 엄청났다.

그의 말 한마디에 아끼코는 고개를 흔들며 문을 나섰고 두 도우미는 집 안으로 들어갔다.

"명자 말로는 자네 할아버지가 나와 인연이 있다고 들었네. 그래서 확인차 날 보고 싶어 했다고?"

"예."

"자네가 보기엔 내가 개똥이가 맞는가?"

온전한 정신을 잃기 전에 궁금한 것을 물으려는 건지 바로 본론을 꺼냈고 나도 그에게 하고픈 말이 있었기에 망설이지 않고 대답했다.

"맞습니다."

"확신하는군?"

"할아버지께 들은 모습 그대로십니다."

"그랬군."

엉성한 대답이라 좀 더 질문이 있을 줄 알았는데 개똥인 바로 수긍해 버렸다. 그러곤 앵두나무를 바라보며 말을 계속했다.

"사실 나도 내가 개똥이임을 오래전부터 어렴풋이 느끼고 있었네. 나를 개똥이라 부르는 이들의 꿈을 많이도 꾸었거든. 특히 신경질적인 중년인이 '어이구! 개똥이 이놈아!'라고 부르면 왠지 눈물이 나더군. 얼굴이 기억나지 않지만 아마 그분이 내 아버지겠지?"

"……."

"한데 내가 확신을 하지 못한 이유는 또 다른 기억 때문이었다네. 김철……. 그의 기억은 개똥이의 기억과 전혀 달랐네. 개똥이의 기억처럼 많지는 않았지만 내가 미친 것이 아닌가 싶을 정도로 황당한 기억이었거든."

도우미들이 차를 내왔기에 잠깐 말을 멈춘 그는 그들이 사라지자 다시 말했다.

"개똥이는 과거의 군산을 보고 있는데 김철은 미래의 군산을 보고 있더군. 믿어지나?"

개똥인 내가 그에게 빙의하고 있을 때 김철이 보고 들은 것만을 기억하는 모양이었다.

"아무튼 많은 기억은 아니었지만 그 기억 때문에 그동안 많이 혼란스러웠네. 한데 오늘 자네를 보니 왠지 모든 답을 알 수 있을 것 같네그려."

"…왜 그렇게 생각하십니까?"

"정말 몰라서 묻는 겐가? 아님 모르는 척하는 겐가? 이유는 모르겠지만 자넨 내가 꿈속에서 보던 김철과 똑같이 생겼다네."

그가 내 기억에 대해 말할 때부터 예상하고 있던 일이었기에 놀라지 않았다.

다만 어디까지 얘기해야 할지 고민하고 있었다.

내가 그에게 한 일을 생각한다면 정확하게 얘기해 줘야 옳다는 생각이 들었다. 그래서 입을 열려는데 그가 먼저 한마디 더했다.

"복잡한 얘기는 필요 없어. 그저 내가 이해할 수 있을 정도만 해주게. 그게 진실이든 거짓이든. 사실 살날도 얼마 남지 않았는데 괜스레 머리 아픈 건 질색이라네. 그저 추억할 수 있을 정도의 시간이면 족해."

"잠시 생각할 시간을 주시겠습니까?"

"짧게 하게. 내 정신이 언제 추억 속으로 들어가 버릴지 모르니까 말이야."

드라마 각본과 영화 시나리오를 읽었던 것이 이 순간 도움이 될 줄은 꿈에도 생각 못 했다. 어쨌든 그 덕에 짧은 순간 그럴싸한 시나리오를 만들어냈다.

"개똥인… 존칭은 생략하죠. 어린 시절 앵두나무에서 떨어지며 약간 모자란 척했지만 실제로는 고도로 계산된 행동이었습니다. 빼앗긴 조국을 언젠가는 찾겠다는 일념으로 사람들의 놀림을 이겨내며 미래를 준비한 거죠. 그리고 어느 정도 나이가 들자 본격적으로 움직이기 시작합니다."

어느 만화에서, 어느 소설에서 본 듯하겠지만 표절이 아닌 나의 순수 창작물이었다. 물론 듣는 사람은 표절이라고 느낄 수도 있다.

"방송국과 영화사에 연락해 저작권료를 받아야겠군. 모조리 내 얘기를 자기들 멋대로 써먹은 거 아닌가?"

그는 내 얘기를 농담처럼 받았지만 뭔가 기억이 나기라도 하는 건지 아련한 눈빛이 되어 하늘로 시선을 돌렸다.

난 사고가 일어났던 그날 일까지 약간의 양념을 더해서 설명해 주었다.

"…개똥인 영웅이었습니다. 다섯 사람 모두를 구했죠. 하지만 마지막에 약간의 운이 부족했습니다. 이후론 저보다 개똥이가 더 잘 알겁니다. 어떻게, 만족스러우십니까?"

"김철에 대한 얘기를 쏙 빼놓은 걸 빼곤 만족하네."

"해드릴까요?"

"…아니. 분명 방금 전에 얘기한 것과 같은 허황된 얘기일 테지. 그것 말고 혹시 개똥이 아버지에 대해서도 아는 바가 있나?"

"그분은… 1989년 돌아가실 때까지 살아 있음을 의심하지 않고 개똥이를 계속 찾으셨답니다."

"개똥이를 끔찍이 아끼셨던 분이니까."

단순한 한 문장이었지만 여러 가지 감정이 담겨 있는 듯해 울컥하는 마음이 들었다.

난 앉아 있던 평상에 머리가 부딪힐 정도로 고개를 숙여 사죄했다. 부모와 자식 간에 생이별을 하게 만든 것을 어떻게 보상할 수 있겠는가. 그저 머리를 조아릴 수밖에 없었다.

"죄송합니다, 어르신."

"자네가 죄송할 것이 뭐 있누. 누구 덕분에 나도 부모님도 오랫동안 살았으니 그걸로 된 거지. 아버지도 하늘에서 내 후손들을 보고 기뻐했을 거네."

"네?"

6.25 때 자신과 부모가 죽을 운명이었다는 걸 알고 있지 못한다면 할 수 없는 얘기였다.

"…모든 걸 생각해 내신 겁니까?"

그는 내 질문에 아무런 대답이 없었다.

다시 한 번 부르려는 찰나 나이 그는 든 노인 같지 않은 천진난만한 표정을 지으며 말했다.

"문경 형님, 나 앵두 먹고 싶다."

"……!"

"히잉! 앵두 먹고 싶다니까."

방금 전까지 여기 있던 개똥이는 어느새 과거로 시간 여행 중이었다.

"으, 응. 근데 어쩌지? 지금은 가을이라 봄이 되어야 앵두가 날 텐데. 봄이 오면 꼭 앵두 따줄게."

"약속하는 거다."

"응!"

그는 새끼손가락을 내밀었고 그에 난 손가락을 걸며 약속했다. 그러나 난 그 약속을 지킬 수 없었다.

그로부터 한 달 후, 아끼코에게 개똥이가 편안한 얼굴로 눈을 감았다는 소식을 들었다.


＊　　　＊　　　＊


　류성은은 집으로 향하며 중국에 가 있는 하지영 변호사와 통화 중이었다.

　"조만간 들어갈 수 있을 거예요. 조금만 더 고생해 주세요."

　─여긴 다행히 아무 일도 없으니까 내 걱정 말고 네 걱정이나 해. 근데 그 남자랑은 해결 잘했니?

　하지영이 말하는 그 남자는 계약 결혼을 약속했던 남자를 말하는 것이었다.

　얼마 전 사정을 얘기하고 없었던 일로 하자고 말하자 무리한 요구를 하며 신문사에 모든 사실을 폭로하겠다는 통에 꽤 곤란했었다.

　결국 위자료 형식으로 얼마간 챙겨주고 나서야 헤어질 수 있었다.

　"잘 해결했어요."

　─빌어먹을 자식! 고작 그딴 일로 팔자를 펴려고 들어? 나중이라도 이쪽 세계가 얼마나 좁은 곳인지 알려줘야지.

　"됐어요. 제 잘못임은 틀림없는데요."

─그건 그렇고 널 도와주겠다는 남자는 누구니? 이제 밝힐 때도 되지 않았니?

류성은 백미러를 흘낏 봤다. 순간 기사와 눈이 마주쳤다. 그는 황급히 시선을 돌렸다.

"곧 알게 될 거예요. 집에 거의 도착했네요. 이만 끊을게요."

그녀 주변에는 온통 그녀가 지금은 어머니라고 부르고 있는 이순옥과 오빠들의 끄나풀투성이였다.

대문 앞에 차가 서자 차에서 내린 류성은 습관처럼 초인종 앞에 서서 호흡을 길게 하며 마음을 진정시키려 노력했다.

남들이 보기엔 긴장감을 없애기 위한 행동이라 생각할지 모르지만 실상은 살기를 진정시키기 위함이었다.

어느 정도 가라앉았다고 생각한 그녀는 초인종을 눌렀고 문이 열리자 안으로 들어갔다.

"아가씨, 어서 오세요."

현관을 들어서자 가장 먼저 반기는 이는 그녀보다 이 집에 더 오래 있던 가정부였다.

가정부는 부드러운 표정에 약간의 미소를 지으며 맞이했는데 누가 보더라도 반갑게 맞이하는 표정을 짓고 있었다.

그러나 그녀의 속마음이 어떤지 잘 알고 류성은으로서는 토가 나올 정도로 경멸스러웠다.

'나중에도 그렇게 웃을 수 있나 보자.'

가정부는 류성은의 살생 명부 두 번째 장에 당당히 자리한 인물이었다.

류성은 살짝 고개를 숙이는 것으로 인사를 대신하고 거실로 들어갔다.

"아버지, 어머니 저 왔어요."

"어서 오려무나."

"일찍 왔구나. 내가 약속한 날이 오늘임을 기억하고 있겠지?"

반기는 아버지와 달리 이순옥은 보자마자 적의를 드러내며 스트레스를 준다.

"허어~ 이 사람은 성은이를 볼 때마다 그 소리뿐이군. 오늘 얼굴을 보여주기로 했으니 좀 기다려 봅시다."

"괜찮아요, 아버지. 어머니가 절 걱정해서 하시는 말씀이신데요."

"녀석. 네 엄마 마음을 이해하고 있으니 다행이구나. 네 오빠들 오기 전까지 서재에서 잠깐 얘기나 하자꾸나. 중국 진출이 어떻게 되어가는지 궁금하구나."

"예."

류성은은 조신하게 아버지 류현민의 뒤를 따라갔다. 그리고 서재의 문이 닫히자마자 류현민을 뒤에서 껴안았다.

"아빠, 건강하셨죠?"

"허허! 나야 항상 그대로지. 우리 딸 요즘 마음고생이 심한

지 얼굴이 홀쭉해졌구나."

이순옥이 있을 때완 두 사람의 표정이나 말투는 완전히 달랐다.

두 부녀만의 인사를 나눈 류성은은 언제 들어올지 모르는 이순옥을 생각해 류현민과 책상을 사이에 두고 앉았다.

"네가 부탁해서 네 말대로 한다만 왜 이렇게 어렵게 사는 거냐? 욕심만 조금 버리면 될 것을……."

류현민은 류성은이 창천그룹의 주인이 되려고 노력하고 있음을 알고 있었다. 그러나 왜 주인이 되려고 하는지는 모르고 있었다.

그저 순수한 성취욕 때문이라고 생각하고 그 노력하는 모습이 어여쁘게 보여 안 될 일이라는 걸 알면서도 돕고 있었다.

"죄송해요, 아빠."

"녀석하곤. 근데 오늘 온다는 김철이란 녀석은 어떤 녀석이냐? 네 조금 알아보니 주변이 시끄러운 것이 트러블 메이커가 되기 십상이겠더구나."

류성은은 김철에 대해 류현민에게는 얘기를 했었다. 다만 연기라는 건 세 사람만의 비밀이었기에 말하지 않고 있었다.

"겉과 속이 다르지 않은 괜찮은 남자예요."

"네 증세에 대해서 알고 있어?"

"…예."

"뭐라 하더냐? 지난번 녀석에게처럼 이상한 제안 같은 것을 한 거냐?"

류현민의 목소리가 다소 딱딱해졌다.

지난번 남자에 대해 얘기했을 때 류현민은 계약을 해서 사귄다고 말하지 않았음에도 단번에 사실을 눈치챘었는데 류성은은 그때 처음으로 아버지인 류현민이 화내는 모습을 보았다.

그래서일까. 류성은은 조심스레 대답을 했다.

"아뇨. 그 사람이 뭐가 아쉽다고 그런 제안을 받아들이겠어요?"

"그럼?"

"…같이 고쳐보자고 했어요."

"그런 점은 마음에 드는구나. 마지막으로 물으마. 넌 그 남자가 좋으냐?"

"솔직히 잘 모르겠어요. 하지만 그가 아니라면 어느 누구도 불가능할 것 같아요."

좋아하다고 직접적으로 말하진 않았지만 그보다 훨씬 더 애정이 담긴 표현이었다.

"그럼 됐다. 네가 그런 마음을 가지게 할 정도라면 더 이상 얘기하지 않아도 충분하다."

류현민은 흐뭇하게 웃으며 류성은의 어깨를 토닥여 줬다.

"어떤 녀석인지 얼른 보고 싶어지는구나. 언제쯤 도착한다고 하더냐?"

"지방 촬영을 마치고 올라오는 도중이라고 했으니 1시간 내로 도착할 거예요."

화기애애한 두 부녀지간의 이야기는 이순옥이 문을 열면서 끝이 났다.

"애들 왔어요."

"우리도 거의 끝났으니 금방 나가겠소."

이순옥은 류성은을 가볍게 흘겨보는 것으로 자신의 불만을 표현한 후 서재 문을 닫았고 두 부녀는 자리에서 일어났다.

'…아무래도 전해는 줘야겠지?'

앞서가는 류성은의 뒷모습을 바라보는 류현민은 서재에 들어오면서부터 할까 말까 고민하던 말을 해야겠다고 생각했는지 입을 열었다.

"성은아."

"네, 아빠."

"네 친엄마가 널 한번 봤으면 하는데 네 생각은 어떠냐?"

우뚝!

류성은의 발이 멈췄다. 그녀는 무슨 생각을 하는지 아무 말 없이 바닥만 바라보았다.

"벌써 여러 번 부탁했는데 애써 모른 척했는데 이번엔 네 생각을 물어봐야겠구나."

"…이번에도 그냥 모른 척하는 게 좋을 것 같아요. 전 그… 여자를 만날 이유가 없어요."

"너에게 꼭 사과하고 싶다고……."

류성은은 더 이상 들을 필요가 없다는 듯 서재 문을 밖으로 나와 버렸다.

'20년을 버리고 산 주제에 이제 와서 사과를 하겠다고? 장난해! 염치없는 인간 같으니라고. 지금까지 그랬듯이 계속 모른 체하고 살 것이지. 돈이라도 떨어진 모양이지?'

속으로 힐난해 기분을 풀어보려 했지만 기분은 더욱 나빠질 뿐이었다.

이순옥과 오빠들이 뭐라고 하는 것 같았지만 그녀의 귀에는 아무것도 들리지 않았다. 그녀는 화장실로 뛰어갔다. 그리고 문을 걸어 잠그고 세면대를 붙잡고 거친 숨을 몰아쉬었다.

"하아~ 하아~ 왜, 왜 이러는 거야……?"

아무리 괜찮은 척하려 해도, 솟아오르는 감정을 억누르려고 해봐도 '엄마'라는 단어 앞에서 무용지물이었다.

결국 일어난 감정의 찌꺼기를 토해내고 나서야 조금 진정이 되었다.

세수를 하고 화장을 다시 했다.

엉망이 된 얼굴은 쉽게 복구가 되지 않았다. 마음 같아선 좀 더 화장실에 있다가 나가고 싶었지만 올 사람이 있었기에 나가야 했다.

"쯧! 아버지에게 한마디 들었다고 쪼르르 화장실로 달려가는 꼴이라니. 그래서 사업이나 제대로 하겠냐?"

"하여간 요즘 조금 잘나간다고 잘난 척하더니……."

한 소리 들을 각오를 하고 나왔지만 류인석과 류지석이 혼내는 내용이 생각과 달랐다. 아버지를 보니 아무도 눈치채지 못하게 살짝 윙크를 했다.

'감사해요, 아빠.'

류성은은 고개를 숙였다.

류현민에게 감사를 표현하는 것이었지 사과를 하는 것은 아니었다. 그러나 그걸 알 길이 없는 그녀의 오빠들은 더 이상 방금 일에 대해 왈가왈부하지 않았다.

"근데 네 남자 친구는 어디쯤이라니? 설마 온다는 시간에 딱 맞춰서 오는 건 아니지?"

막내 오빠인 류해석이 배가 고픈지 배를 슬슬 문지르며 물었다.

"전화해 볼게요."

류성은은 김철에게 전화를 걸었다.

"어디예요?"

─헐! 그런 말투를 쓴다는 얘기는 없었잖아? 너무 귀여워서 꼭 껴안으면 어쩌려고 그런 말투를 쓰는 거야?

김철은 그녀가 어떤 감정 상태를 가지고 있든지 욱하게 만드는 능력을 가지고 있었다.

"…으득! 통화 상태가 좋지 않네요. 어디예요? 다들 기다리고 계신데."

ㅡ이 가는 소리 다 들리거든. 지금 집 앞이야. 초인종을 누르기 직전인데 안 때린다면 누르고 아님 좀 더 고민해 보고.

김철이 무슨 헛소리를 하는지 이해가 되지 않았지만 일단 들어오게 하는 것이 급선무였기에 그러겠노라 대답을 했다.

딩동 딩동!

정말 대문 앞이었는지 대답과 동시에 초인종 소리가 들렸다.

문을 열어주고 김철이 들어오길 기다렸다. 그리고 열어둔 현관으로 양손 가득 쇼핑백을 들고 들어오는 그를 보며 소개했다.

"아버지, 어머니 최근 저랑 사귀고 있는……!"

소개를 하는데 갑자기 뒤에서 다가온 김철이 백허그를 했다. 그리고 귓속말로 속삭였다.

"때리지 않겠다고 약속했지?"

류성은은 놀람도 잠시, 두근거리는 심장 소리를 그가 듣지 못하길 바랐다.

**제7장**

함정을 파다

"웁스! 미안. 때리려는 건 아니었어."

류성은은 돌아서는 척하며 팔꿈치로 정확하게 내 복부를 때렸다.

장난을 친 건 내가 먼저였기에 아픈 내색을 할 수가 없었다.

이런 연극을 하게 만든 사소한 복수는 이것으로 충분했다. 그리고 놀란 얼굴로 쳐다보고 있는 류성은의 가족들도 있지 않은가.

"성은이의 병을 낫게 하기 위한 충격 요법이었습니다. 제가 만날 때마다 하는 건데 잠시 어떤 자리인지 망각했습니다. 처음 뵙겠습니다. 김철입니다."

장난기를 완전히 지우고 내가 할 수 있는 한 최대한 공손하게 인사를 했다.

류성은의 아버지 류현민은 나에 대해 들었는지 그리 놀라지 않았지만 다른 사람들은 꽤 놀라는 눈치였다. 특히 류성은의 큰어머니(?)인 이순옥은 작은 눈을 두 배 가까이 크게 뜨면서 중얼거렸다.

"저녁에 초청해 주셔서 감사합니다. 류 회장님, 이 여사님. 아직까지 아버님, 어머님이라 부르는 건 불편하실 테니 일단 회장님과 여사님으로 부르겠습니다. 괜찮으시죠?"

"그러게나."

"그, 그래요."

"형님들은, 그냥 형님들로 불러도 되겠습니까? 사장님이라 부르면 너무 거리감이 생기지 않겠습니까?"

"…으응. 그렇게 해."

사실 류현민의 나이를 보면 류성은의 할아버지뻘이나 다름 없었다. 가장 어린 막내 오빠와 나이 차이가 14살이나 나고 큰오빠와는 20년이 넘었다.

다들 당황하고 있을 때 호칭을 정리한 나는 자연스럽게 소파에 앉으며 말을 이었다.

"빈손으로 오라는 말을 들었지만 초대해 주신 것에 대한 예의가 아닌 것 같아 간단한 것을 준비했으니 성의 없다 생각지 마시고 너그러운 마음으로 이해해 주십시오."

류성은을 백허그 하기 위해 놓아뒀던 쇼핑백을 가져와 하나씩 건넸다.

"혹 나중에 확인하시고 마음에 들지 않으면 교환도 가능하게 보증서도 함께 동봉했습니다."

별것 아니라고 말했지만 선물을 준비하는 데 꽤 무리했다.

본래 정말 빈손으로 올 생각이었다.

돈을 받아도 시원찮을 판국에 돈을 투자할 이유가 없지 않은가. 그러나 생각을 달리하니 눈앞에 있는 네 사람—류현민은 류성은의 편이라고 했으니 제외하고—은 나와 같은 적을 둔 동지였다.

이들이 잘되어서 창천그룹을 잘 지킨다면 류성은의 미래가 바뀔 것이고 그럼 자연스럽게 미래 또한 긍정적인 바뀔 것이라는 게 내 생각이었다.

"두 사람은 지난번 스캔들이 났을 때부터 사귀고 있었나?"

식사를 시작하고 얼마 되지 않아 장남인 류인석이 물었다.

"아뇨, 형님. 스캔들이 오히려 저희를 가깝게 만들었습니다. 사과를 하기 위해 만났다가 성은이의 태도에 반했다고 할까요."

"내 동생이라 하는 말이지만 자네도 취향 참 독특한 편이군."

둘째 류지석은 건설업계에서 일을 해서인지 꽤나 직설적이었다.

류현민만 살짝 인상을 쓸 뿐 다른 가족들은 당연하다는 듯 내가 답하길 기다렸다. 이들이 류성은에 대해 어떻게 생각하는지 단면을 보는 것 같아 한편으론 씁쓸했다.

그러나 내색하지 않고 대답했다.

"하하! 제 취향보단 성은이가 독특한 편이죠. 말에 애교란 찾아볼 수도 없을 정도로 싸늘하고 뭐가 불만인지 얼굴이 항상 얼음덩어리죠. 어! 지금도 그런 표정을 짓고 있네요."

내 말이 마음에 들지 않았는지 무섭고 노려보던 류성은은 다른 사람들의 시선을 받자 언제 그랬냐는 듯 고개를 숙였다.

난 빙긋 웃으며 말을 이었다.

"하지만 조금 가까워지니 전혀 다르게 보이더군요."

"어떻게?"

"콩깍지가 끼여서인지 몰라도 스스로를 보호하려고 강하게 보이고 싶어 하는 소녀처럼 느껴졌습니다. 하하하! 역시 제가 이상한 건가요?"

"응, 확실히 자네가 이상해."

화기애애한 분위기까지는 아니었지만 상대가 나를 나쁘게 보지 않았고 나 역시 그들을 적으로 보지 않았기에 처음 만남치곤 괜찮았다.

오늘은 류성은이 사귀는 사람이 있다는 걸 확인시켜 주는 자리였기에 식사 후 간단히 후식을 먹고 바로 일어났다.

그만 좀 닥치고 일어나라는 류성은의 눈치가 한몫을 했다.

"전 이만 가보겠습니다."

"왜? 좀 더 얘기하다가 가지 그러나?"

"반대하지 않으신다면 지금 나가서 성은이랑 데이트하려고 합니다. 내일 새벽에 촬영이라 지금이 아니면 시간이 없거든요."

"허허허! 그러게나. 그룹 근처를 지날 때 한번 들르게. 같이 식사라도 함세."

"예, 회장님. 꼭 들르겠습니다."

"간혹 집에도 들러요. 언제든 환영이에요."

"예, 여사님. 다음에도 맛있는 거 많이 해주십시오. 저에겐 너무도 그리운 집밥이라."

"호호호! 그럴게요."

"골프는 좀 치나? 시간 날 때 라운딩이나 하자고."

"네, 형님 골프는 못 치지만 지금부터라도 틈틈이 레슨받아 두겠습니다."

모두에게 인사를 하고 류성은과 함께 차에 올랐다.

"몇 가지 제외하고 오늘 고마워."

고맙다는 인사마저 류성은다웠다.

"풉! 몇 가지 제외하고 고맙다는 건 뭐냐? 뭐가 마음에 안 든 거야?"

"굳이 그들에게 잘 보이려 한 이유는 뭐야?"

"이왕 연기하려면 제대로 해야 하지 않겠어? 너한테 비용 청구 안 할 테니까 걱정 마."

"줄 생각도 안 했거든."

"네네. 어련하시겠어. 근데 왜 그리 화가 나 있는 거야? 아까 한 백허그 때문이라면 연기의 연장선으로……."

"그것 때문이 아냐. 그냥 그곳에만 들렀다 하면 기분이 나쁠 뿐이야."

"그래? 아니라면 다행… 컥! 뭐, 뭐야! 지금 운전 중인 거 안 보여!"

안심하고 있다가 옆구리에 정확히 한 방 먹었다.

"두 번 다시 그래봐. 그땐 지금처럼 그냥 넘어가지 않을 거야."

"지금도 충분한 것 같은… 아, 아냐! 주의할게."

사고가 나든 말든 또다시 때릴 것 같았기에 그러겠노라 답할 수밖에 없었다.

"오늘 고생했어. 중국 갔다 와서 연락할 테니 그때 다시 봐. 아무 곳에서나 내려줘."

"안타깝지만 나랑 좀 더 같이 있어야겠다. 널 어지간히 못 믿나 보다. 적어도 세 대 이상이 우리 뒤쫓고 있어."

한동안 줄기차게 따라다니는 파파라치 덕분에 추적을 눈치채는 데는 도가 텄다.

"…믿음 따윈 없는 곳이니까. 아무 곳이나 일단 가."

"그렇게."

난 마치 드라이빙하듯이 이리저리 다녔다.

"여기 어때?"

대학가 모텔촌.

"…죽을래?"

"누구든 한 명은 죽지 않겠어?"

살기가 차를 가득 채운다.

"장난이야. 어디로 가면 좋을까 고민하는 중이야. 우리 집은 동생과 객식구가 있어서 힘들고 공개된 곳은 소문 때문에 곤란하고. 너도 생각 좀 해봐."

류성은과 사귀는 것처럼 하기로 했지만 그렇다고 당당히 공개 연애를 하는 것은 아니었다. 여느 연예인처럼 숨어서 연애를 하다가 들킨다면 그때 수긍한다는 것이 우리의 계획이었다.

"내가 사는 곳으로 가자는 말처럼 들린다?"

"가능하면 그것도 괜찮고. 아님, 아예 시외로 갈까? 거기 조용한 곳 있는데."

호랑이를 잡으려면 호랑이 굴에 들어가야 하듯이 류성은에 대해 알려면 그녀에 대해 더 많은 것을 알아야 했다.

시외는 그냥 미끼였다.

중국에 갈 생각밖에 없는 그녀에게 시외라는 단어는 중국과 더 멀어지는 착각을 불러일으킬 게 분명했고 때문에 그녀는 자신의 집으로 가자고 말할 것이다.

"…집으로 가."

역시나.

"어디야?"

"일단 청계산 쪽으로 가. 근처에 가면 얘기해 줄게."

"청계산?"

아버지가 살던 곳도 청계산 아래 있는 농장이었다. 한데 류
성은도 그곳에 산다?

뭔가 조금 이상하긴 했지만 일단은 청계산 쪽으로 차를 몰
았다.

"…이런 곳에서 살면 안 무섭냐?"

청계산 아래라고 했을 때 어느 정도 예상하고 있었지만 최
소한 빌라쯤은 되는 줄 알았다.

한데 아니었다. 최소 40년은 넘은 듯한 옛집은 당장에라도
허물어질 듯 보였고 주변은 당장 귀신이라도 나올 듯이 을씨
년스러웠다.

아버지 농장도 류성은이 사는 곳에 비하면 궁전이나 다름
없었다.

"가장 무서운 건 인간이야. 그 인간이 없잖아. 그러니 무서
울 게 뭐가 있겠어."

꽤 아픔이 느껴지는 말이었지만 류성은은 태연하게 말했
다.

"혹시 멀리서 널 보고 나쁜 짓 하려고 찾아오는 인간들은 어쩌려고? 요즘 그런 인간들이 한둘이야?"

"이곳의 장점이 뭔 줄 알아? 내가 당해도 모르지만 그런 인간들이 당해도 모른다는 거야."

"…설마?"

"농담이야. 계속 거기 서 있을 거야? 생각보다 상당히 추우니까 들어와."

농담처럼 들리지 않는 건 왜일까?

류성은의 집 뒤에 서 있는 눈꽃 핀 나무들이 유독 튼실해 보이는 건 착각이겠지?

바람과 함께 오싹한 기분이 들었기에 얼른 안으로 들어갔다.

겉과 달리 안은 깔끔했다.

'가구가 없어서 휑한 것도 깔끔하긴 한 거니까.'

"술? 아님 차?"

"밖이랑 별 차이도 없고만. 춥다, 술로 줘."

보일러 돌아가는 소리가 들렸지만 따뜻해지려면 한참 걸릴 것 같았다.

"궁금한 게 있는데 물어봐도 돼?"

둘 다 체력이 좋다 보니 변변치 않은 안주에도 소주병은 금세 쌓였다. 반 박스쯤 비웠을 때 물었다.

"시시껄렁한 농담이라면 하지 마."

"여유를 가지고 살면 안 되냐? 이렇게 아등바등 사는 이유가 뭐냐?"

개의치 않고 물었다. 왜냐하면 이번엔 진지했기 때문이다.

아직 류성은이 대한민국을 없애는 주범이라는 증거는 잡지 못했다. 그러나 모든 정황은 그녀를 가리키고 있으니 맞을 것이다.

만약 증거를 찾아낸다면 난 어떻게 할까?

분명 죽여서라도 막으려 할 것이다. 내 목숨보다 소중한 것은 없으니까 말이다.

그러나 솔직히 내가 살렸던 그 작고 슬픈 눈을 가진 꼬맹이를 죽이고 싶지 않았다.

애초에 알았다면 살리지 않았겠지만.

"내가 좀 살아봐서 아는데 힘들게 산다고 누가 알아주는 거 아니다."

"마치 우리 아빠처럼 말하는데 너랑 나랑 동갑이거든. 그리고 난 지금처럼 사는 거 나쁘지 않아."

"재벌 집 딸이 이런 곳에 살면서 괜찮다고?

"…내가 원했던 건 아니니까."

"니가 원했던 건 뭔데?"

"내가 원하는 건… 없어. 단지… 놈의 뜻대로는 되게 하진 않을 거야."

"놈?"

"……."

류성은은 더 이상 말이 없었다. 다른 질문이나 농담을 해도 마찬가지. 그저 술을 없애려는 듯 마셔댔다.

결국 그녀는 낡은 테이블에 머리를 박고 잠이 들었다.

술이 원수였다. 살살 구슬려서 뭔가 알아낼 생각으로 한 달간 이런저런 고민을 했는데 한 박스의 소주가 방해를 했다.

한쪽에 있는 이불을 깔고 류성은을 눕혔다.

무방비로 누워 있는 그녀를 보고 있자 적이라는 생각조차 들지 않았다.

"에휴~ 힘들게 산다."

전자 도어가 또로롱거리며 잠기는 것을 확인하고 몇 번 잡아당겨 본다.

"이것도 문이라고. 쯧!"

조금만 힘을 줘도 부서질 것 같은 문에 전자 도어를 달아 봐야 무슨 소용이 있을까 싶었다.

술도 깰 겸 마당을 서성였다.

술이 깨자 시원하던 바람이 싸늘해지고 뒤이어 바람에 얼굴이 베일 정도로 추웠다.

"젠장! 안에 조금 더 있다가 나올걸."

방에서 인기척이 느껴질 때까지 가급적 밖에 있어주려 했는데 참을 수가 없어서 결국 내가 먼저 인기척을 냈다.

방에서 류성은의 목소리가 들려왔다.

"…지금까지 거기서 뭐 한 거야? 간혹 농장에서 도망친 멧돼지가 내려오니까 얼른 가."

"겨울 멧돼지 무섭지. 간다. 중국 잘 다녀오고."

작별 인사를 하고 얼른 차에 올라 시동을 켜고 히터를 켰지만 에어컨처럼 시원한 바람만 나왔다.

언 손을 녹이며 내가 향한 곳은 집이 아닌 아버지가 물려준 농장이었다.

인력 사무소에 관리를 부탁해 둬서 딱히 변한 건 없었지만 사람이 살지 않아서인지 을씨년스럽긴 했다.

난 안으로 들어가지 않고 뒤뜰로 갔다. 그리고 류성은의 집 방향을 생각하며 걸었다.

대략 10분쯤 걸었을까. 멀리 그녀의 집이 보였다.

쌓인 눈과 초행이라는 점을 생각해 본다면 10분 정도면 충분히 도착할 거리였다.

류성은이 처음 납치되었을 때 그녀를 구한 아버지가 이후 그녀에게 가전 무술을 가르쳤다고 했을 땐 그냥 그러려니 했었는데 아무래도 아버지는 류성은을 멀리서나마 지켜보고 있었던 게 분명했다.

"어차피 짐작하고 있었잖아. 으~ 추워."

딱히 뭔가를 바라고 눈 덮인 능선을 탄 것은 아니었다. 그저 아버지와 고모의 관계가 예사롭지 않았다는 것을 좀 더 확신하는 정도에 불과했다.

　　　　*　　　　*　　　　*

　민종수에게 깔끔하게 사기를 당한 후 같이 가담했던 꼬리들—권호진, 우동희, 선우희—만 양상수를 이용해 제거했다.

　양상수는 세 사람을 처리하기 전 정보를 캐냈는데 그중 하나가 민종수나, 두치파가 날 납치해서라도 돈을 빼앗으려 한다는 것이었다.

　솔직히 그 정보를 들었을 때 기뻤었다.

　머리로는 민씨 부자에게 이기기 힘들다고 생각했었다. 그래서 차라리 무력으로 덤벼온다면 명분까지 챙기며 한꺼번에 처리하려고 했었다.

　한데 그들이 운이 좋은 건지, 내가 나쁜 건지 신선제약의 전 사장인 은지명을 빼돌려 민서준과 두치파를 갈라서게 만든 계획이 일을 묘하게 만들었다.

　오랫동안 일해온 사이라 서로의 약점을 잘 알고 있어서 적당히 화해할 것이라는 내 예상과 달리 두 곳이 죽자 살자 싸우는 바람에 어느 쪽도 날 공격하지 않게 된 것이다.

　단숨에 처리하려던 계획이 어긋나게 되어 어이가 없었지만 계획을 수정할 수밖에 없었다.

　그에 양상수에게 민종수의 하수인이 되어 둘 사이가 아예 원수지간이 되도록 사주한 것이다. 그리고 2012년이 끝날 때까지 그 일은 계속 진행 중이었다.

2013년 3월, 내가 한 일로 인해 대한민국은 원 역사와 달리 상당 부분 바뀌게 되었다.

원래대로라면 대통령이 되었을 정희원은 검찰 수사로 감옥에 가게 되었고 임시 대통령인 이대신이 내세우던 신대건은 선거에서 야권 후보에게 지고 말았다.

나라에 이런 변화가 생기면서 정작 바뀌라는 미래는 그대로인 채 전혀 엉뚱한 곳에서 변화가 발생하게 되었다.

2013년 6월 중동에서 본격적으로 퍼지게 되면서 전 세계를 공포로 몰아넣는 중동호흡기바이러스가 3개월이나 먼저 시작된 것이다.


"저희 신선제약은 2000년대 초반부터 독감 바이러스에 대해 연구해 왔습니다. 지금까지는 이렇다 할 성과가 없었는데 2013년에 개발해 둔 의약품이 현재 퍼지고 있는 중동호흡기바이러스에 효과가 있음을 연구진이 발견하고 환자 수용 병원으로 직접 의약품을 보내 상당수의 환자가 건강해졌음을 확인했습니다. 이에……."


"설마 이사장님이 말씀하던 보물이라는 게 설마 저거였어요?"

신선제약의 조용문 사장이 중동호흡기바이러스에 대한 치료제가 개발되었음을 알리는 기자회견을 보던 허진경이 벌린 입을 다물지 못하고 물었다.

"응."

신선제약의 경영권을 확보하고 안 사실이지만 은지명 전 사장은 사업가로서의 재능은 부족했다. 그러나 제약에 있어서 연구가 얼마나 중요한지는 잘 알고 있었던 것 같았다.

그는 연구소에 투자를 아끼지 않았는데 그 결과가 지금 TV에 나오고 있는 중동호흡기바이러스 치료제—비록 우연의 산물이지만—였다.

'결과적으로 재주는 은지명이 부리고 이익은 내가 차지하게 됐지만 말이야.'

"…이런 일이 벌어질지 알고 있었던 거예요?"

"에이~ 그럴 리가. 그냥 연구해 놓은 의약품들이 많아 그중 두 개쯤은 걸리지 않을까 생각했던 거지."

"그 거짓말 진짜예요?"

"응, 진짜야."

"믿기지 않지만 믿을 수밖에 없네요. 근데 오늘 촬영이라고 했는데 우당에 온 걸보면 혹시 또 일을 시키려고 온 거예요?"

"딩동댕!"

"정말 쉴 틈을 안 주는군요."

"이번 일이 끝나면 보너스 두둑하게 챙겨서 한 달쯤 유급휴가 줄게."

"쳇! 끝나면 또 일을 시킬 거면서……."

"계약서를 쓰라면 쓸 수 있어. 참! 지난번 소원 들어주기로 했는데 어떤 걸 원해?"

"이번 일을 안 하게 해달라면요?"

"슬프긴 하지만 들어줘야지. 약속은 약속이니까. 그럼 그걸로 할 거야?"

"아뇨. 일해서 획득한 걸 일 못 하겠다고 쓰는 건 우습잖아요. 아무튼 엄청난 소원을 빌 테니까 기대하고 있으세요."

"고마워."

큰아버지를 제외하고 내가 가장 고마워하는 이는 어떤 궂은일도 별다른 불평 없이 해주는 허진경일 것이다.

"마음 변하기 전에 얼른 말씀하세요."

"새로운 재단을 만들 건데 좀 도와줘야겠어."

"다른 재단을 만든다고요? 우당이 있는데 굳이 다른 재단을 만들 필요가 있어요?"

"전혀 다른 성격의 재단이 될 거야."

석훈이와 사촌들에게 건물을 사줄 때부터 계획하고 있던 일이었다.

비자금을 발견한 건 나지만 비자금은 엄밀히 내 돈이 아니었다. 어느 권력자가 국민의 세금을 날름하려다 나에게 오게 된 것이니 수수료를 제외하곤 주인에게 돌려주는 것이 옳았다.

물론 수수료와 긴 세월 동안 번 돈은 내 몫이었다.

"어떤 재단인데요."

"희망이 없다고 생각해 스스로 목숨을 끊는 사람들에게 마지막 기회를 줄 수 있는 재단. 가령, 아무리 살려고 노력해도 힘겨운 이들에게 마지막으로 뭔가 할 수 있도록 돈을 지원하는 거야."

"금융업이잖아요?"

"아니, 빌려주는 게 아니야. 그냥 주는 거지."

"국민적 호구가 되겠다는 건가요? 너도나도 지원하게 될 거예요. 철저하게 조사해서 걸러낼 순 있겠죠. 하지만 그 많은 업무를 감당하려면 직원들이 필요 이상으로 많아져야 해요."

"상관없어. 단 한 명이라도 꼭 필요한 사람에게 돈이 갈 수 있다면 그렇게 해야 해. 생활고로 일가족이 목숨을 끊는 일은 없어져야 하지 않겠어?"

"어떻게 말해도 결국 하실 거죠?"

"응."

"재원은요?"

"아버지께 받은 유산을 사용하려고. 빌딩과 소소한 건물 합치면 대략 1조 3,000억쯤 될 거야. 거기에 신선제약 주식을 재단 것으로 바꿀 거고. 참! 초기 운영자금을 만들어야 하니 신선제약 주식 중 일부는 처리할 생각이야."

"전부 다 할 줄 알았더니 적당히 빼셨네요?"

"나도 떵떵거리며 먹고살아야지."

"네네. 어렵하시겠어요. 근데 신선제약 주식은 놔두는 게 좋지 않을까요? 두 번째 보물이 또 언제 터질지 모르잖아요."

"현금 마련을 위해 한 20퍼센트만 팔 건데 뭐."

"그래도 아깝네요."

"사봐. 장담하건대 1년 안에 이번 치료제로 오른 주가보다 몇 배는 오를 거야. 두 번째 보물은 정말 보통이 아니거든."

"뭔지 정말 궁금하네요. 아무튼 이번 일은 기초 다지는 데 만 해도 몇 개월은 걸릴 거예요. 전 기초만 다지고 빠질 테니 그때까지 다른 사람 구해놓으세요."

"그럴게. 자! 이건 지난번 일까지의 선물."

"이거 차 키 같은데요?"

"맞아. 필요 없음 팔아도 되는데 트렁크 금고에 넣어둔 돈 은 빼고 팔아."

"화끈하시네. 얼마나 넣어뒀어요?"

"직접 확인해. 나 촬영하러 간다."

손을 흔드는 것으로 작별을 고한 후 허진경의 사무실을 나 왔다. 그리고 안쪽 호주머니에 있던 몰래카메라 감지 장치를 꺼냈다.

아까 허진경과 얘기하는데 계속해서 웅웅거리는 통에 들키 는 줄 알았다.

"도대체 몇 개나 숨겨둔 건지……. 자, 미끼는 던졌으니까 물 지 안 물지 두고 보기로 할까?"

이제 솔직히 물든 안 물든 상관없었다.

어느 쪽이든 이번 일을 마지막으로 민종수와의 관계를 끝낼 생각이었다.

*　　　　*　　　　*

이번에 첫 주연을 맡게 된 드라마 '사선을 뚫고'는 경호원들의 일과 사랑을 다룬 드라마였다.

스토리보단 젊은 세대들의 사고방식과 생활 방식을 보여주는 데 초점을 맞추다 보니 연기력도 연기력이지만 어떻게 보이느냐가 더 중요하게 생각됐다.

와장창!

"꺄악!"

여주인공에게 수작을 걸던 사내는 내가 휘두른 주먹에 맞고 다른 테이블 위로 쓰러졌다. 그와 동시에 사내의 동료들이 일제히 나를 감쌌다.

난 긴장하지 않았다. 지금은 저들의 공격이 아니라 자세에 신경을 써야 할 때였다.

"컷! 다음 신 바로 갈 거니까 움직이지 말고 대기. 카메라 들어가서 보조 출연자들 한번 훑어줘."

수십 명의 보조 출연자들이 함께하다 보니 촬영을 서둘러야 했다. 특히 격투 장면 때문에 밤샘 촬영이 예상되고 있어서인지 감독의 지시에 스태프들은 한 치의 오차도 없이 움직였다.

"오빠, 어제 왜 그냥 갔어?"

잠깐 한가해진 틈에 여주인공 역의 우해인이 물었다.

우해인은 아이돌 가수로 발육 상태가 좋아 섹시돌이라고 불릴 만큼 굴곡 있는 몸매를 가지고 있어 굉장한 인기를 누리고 있었다.

지난해 겨울부터 찍기 시작해 벌써 넉 달 내내 하루 18시간씩 붙어 있다 보니 거리감은 전혀 없었다.

"갑자기 할 일이 생겨서. 늦게까지 마셨어?"

출연진 대부분이 젊고 비슷한 또래이다 보니 간혹 촬영이 일찍 끝나면 술을 한 잔씩 하곤 했다.

"아니. 난 오빠가 없어서 몇 잔 먹다가 나왔어. 피곤하기도 하고……."

고개를 좌우로 움직이며 자신의 어깨가 뭉쳤음을 강조하는 우해인.

촬영을 시작하고 한 달쯤 지났을 땐가 그녀는 무리한 스케줄 때문에 어깨에 담이 걸린 적이 있었다. 촬영 때문에 병원에 가지도 못하고 고통스러워하던 모습이 안쓰러워 어깨를 주물러 준 적이 있었다.

그다음부터 중독이 됐는지 틈만 나면 이런저런 핑계를 대며 어깨를 맡겼다.

지금도 마찬가지로 뒤에서 보면 반쯤 가슴이 보이는 옷을 입고도 주물러 달라고 돌아선다.

섹시 스타라고 색을 밝힐 거라는 생각은 잘못된 선입견이었다. 우해인은 오히려 어린애처럼 순수한 면이 많았는데 날 남자가 아닌 김철이라는 사람으로 볼 뿐이었다.

물론 그렇다고 그녀가 남녀 관계를 모른다는 것은 아니었다. 그녀는 약간 통통하고 배 나온 노안의 남자를 좋아했다.

"아아! 왼쪽, 왼쪽. 거기가 너무 아파."

카메라가 있든 없든 시선을 신경 쓰지 않고 어깨를 주무르다 보니 이젠 다른 사람들도 별로 신경 쓰지 않았다. 오히려 은근히 주물러 달라고 어깨를 들이미는 이들도 있었다.

"비딱하게 서서 그래. 내가 매번 얘기하잖아. 자세를 항상 바르게 하라고."

"그야 나도 알지. 근데 하이힐 신고 춤춰봐. 그게 쉽나."

"내가 왜? 내가 여가수냐, 하이힐을 신고 춤추게? 경고하는데 너 이러다 몽땅 짝짝이 된다."

"짝짝이 아니거든!"

"안 보인다고 거짓말하지 마라. 내가 아는 동생 때문에 요즘 사람들의 체형에 대해 공부하는데 지금 이런 상태면 육안으로도 구분이 가능할 정도로 차이가 나고 있을 거다."

엄옥당은 객식구에서 아예 우리 집에 눌러앉았다.

매일 새벽과 저녁으로 호흡법을 하고 무술 수련을 하다 보니 건강도 건강이지만 지난겨울 동안 키가 5센티미터나 자랐고 그때부터 아예 중국도 가지 않고 몸만들기에 열중했다.

근데 좋지 않은 몸에 열심히 운동을 하다 보니 자주 근육통이나 담에 걸려 낑낑댔는데 그 모습이 마치 새끼 강아지 같아 주물러 주다 보니 어느새 아마추어 수준에 이른 것이다.

"이 오빠가, 미쳤어! 미쳤어! 누가 들으면 어쩌려고 그런 소리를!"

"듣는 건 겁나고 카메라 앞에서 이렇게 주무르는 건 괜찮냐!"

"응. 주무르는 건 너무 시원하거든."

너무 뻔뻔하니 말도 안 나왔다.

어깨와 목, 팔까지 주물러 준 후에야 그녀의 입에서 시원하다는 말과 함께 고맙다는 말이 나왔다.

"오늘 내가 술 살게."

"오늘 일찍 가봐야 해."

"그럼 내일은?"

"마찬가지. 다음 주에 종방연인데 그냥 그때 화끈하게 먹자."

"뭐가 그리 바쁜 척이야. 내가 아주 예쁘고 어린 애로 소개시켜 주려고 했더니……."

"다른 애들한테 소개시켜 줘. 작년 사건 이후론 누굴 만나는 것도 겁난다."

"안 돼! 걔가 꼭 오빠여야만 한다고 했단 말이야."

"오~ 누구완 다르게 눈이 제대로 달렸구나. 나중에 술 대신 밥이나 한번 먹자고 해라."

"쯧쯧! 걔도 이런 멸치같이 빼빼 마르고 여자처럼 곱상하게 생긴 게 뭐가 좋다고."

한참 티격태격하다가 촬영이 시작된다는 얘기를 듣고서야 멈췄다.

"자, 격투신은 한 번에 쭉 간 다음 한 컷씩 따로 찍을 거니까 실수하더라도 웬만하면 멈추지 말고 알아서들 움직여. 레디… 액션!"

액션 소리와 함께 내 몸은 붕 날아 스턴트맨이 들고 있는 병을 찼고―실제라면 턱을 찼겠지만―설탕으로 만들어진 병이 멋지게 깨지면서 격투신은 시작됐다.

"고생하셨습니다!"

같이 격투신을 한 스턴트맨들이 합을 잘 받아줘서 촬영은 예상보다 일찍 끝났다.

물론 나와 우해인만 일찍 끝났다.

조연 배우들 중 몇몇은 열 시간을 넘게 지루하게 기다리다가 이제야 촬영을 시작했다.

"오빠! 진짜 안 갈 거야? 정말 예쁘다니까."

우해인이 한 번 더 권했지만 난 손을 흔들고 차에 올랐다.

"집으로 가요, 형."

내가 서두르는 이유는 종방연 후에 바로 미래로 갈 생각이었는데 그에 나름 준비를 하기 위해서였다.

어떻게 변해 있을지 모르는 미래로 가면서 준비를 한다는 것이 우습겠지만 아무 준비 없이 가서 지난번처럼 에너지만 낭비하고 오는 것은 사양이었다.

그래서 예측할 수 있는 최악의 상황들을 그려보며 그 상황마다 어떻게 행동할지를 고민하고 있었다.

정말 가자마자 누군가 쏜 총에 맞아 죽거나 교통사고로 죽는 경우가 아니라면 헤쳐 나갈 수준까지 만들고 출발할 생각이었다.

*　　　*　　　*

이젠 사라져 버린 미래, 대학 교수였던 재종손, 김경호는 대한민국이 나라를 포기할 수밖에 없었던 계기가 된 해를 2067년으로 보았다.

세계적인 불황에 국민경제는 더 이상 내려갈 수도 없을 만큼 바닥, 국가 재정은 대한민국 건국 때부터 이놈저놈 곶감 빼먹듯이 빼먹어 빚만 수천조가 넘었고 그 빚의 이자를 갚느라 국민 복지는 해가 갈수록 열악해졌다. 반면 정치권과 손을 잡은 재벌들은 해가 갈수록 부유해지고 커졌다.

당장 국가 전복이 일어나도 이상하지 않을 만큼 일반 국민들의 분노는 거세게 타고 올랐다.

그러나 정치권은 그런 국민들의 분노를 묘하게 뒤틀어 지역

감정과 빈민층과 부유층 구도로 편을 갈라 싸우게 만들었다.

그리고 기나긴 전쟁의 끝에 나라는 사분오열되었고 국민들은 눈과 귀와 입을 닫았다.

'…2065년, 2066년, 2067년, 지금이다!'

시간의 흐름에서 몸을 맡긴 채 서핑을 하던 에너지는 원하는 시간대를 느끼곤 그 시간 속으로 스며들었다.

서울 시청 앞, TV에서 보았던 2002년 월드컵 당시를 보는 듯 많은 사람들이 북적이고 있었다.

그들의 머리엔 붉은 띠가, 그들의 손엔 그들의 주장이 담긴 플래카드가, 그들의 눈엔 이대로 죽을 수 없다는 간절함과 바꿀 수 있다는 희망으로 가득했다.

"…이대로 내버려 둘 순 없습니다. 늦었지만 이제라도 바꿔야 합니다. 우린 바꿀 수 있습니다! 안 그렇습니까, 여러부~ ~ 운!"

우와아아아아!

단상 위의 연사의 목소리는 사람들을 흥분시키기에 충분했다.

'이렇게 수많은 사람들이 한마음 한뜻으로 모였는데도 실패했다니……'

미래를 아는 나로서는 쓸쓸한 광경일 뿐이었다.

하늘을 날아 한강을 건넜다. 그리고 서초동에 있는 대검찰청으로 향했다.

지난번엔 다짜고짜 류성은을 찾아갔지만 이번엔 조금 돌아서 가볼 생각이었다.

'저기 있네.'

검은 머리와 흰머리가 섞여서 묘한 카리스마를 느끼게 하는 인물이 '검찰총장 차승기'라는 적힌 명패를 앞에 두고 일을 하고 있었다.

검찰총장은 강직하고 괜찮다 싶으면 대통령들이 꼬투리 잡아 내쫓으니 적당히 권력자의 눈치를 보며 살살거려야 살아남는 자리였다.

고로 권력자의 시녀로 잡다한 일은 도맡아 할 수밖에 없었다.

'잠깐 몸 좀 빌릴게. 제발 비겁하게 사는 놈이길 바란다.'

강직한 인물이 아니길 바라며 그의 머릿속으로 들어갔다. 그리고 그의 기억을 읽었다.

"빌어먹을 새끼! 적당히 좀 비겁하지."

고맙게도 비겁한 놈이었는데 당장 대가리에 총알을 박아버리고 싶을 정도였다.

죽이고 싶다는 충동은 가라앉혔다. 빙의 대상을 죽인다고 깨끗한 자가 검찰총장에 앉을 가능성은 없었다.

자리에 앉아서 읽은 기억을 상세하게 되짚어보았다.

'예상대로 있긴 한데……'

두세 개 건질 게 있었다. 그러나 확실한 증거가 아닌 정황

증거밖에 없었다.

가령 창천그룹이 검찰 수뇌부들에게 여러 가지 투자 정보를 줘서 합법적으로 뇌물을 주고 있었는데 그에 대한 대가로 노동조합의 파업에 강경 대응하게 요구하고 있다는 것과 묘하게도 다른 그룹들의 파업에 대해서 부탁을 한다는 것이었다.

물론 같은 경제인연합회 소속으로 그런 부탁을 한다고 볼 수도 있었지만 꼭 그런 것 같지는 않았다. 강경 대응을 자제해 달라는 타 그룹의 청탁에도 정부의 방침이라며 강경 대응으로 일관하고 있었기 때문이었다.

또 다른 하나는 부유층의 재산상속 범죄와 일반 서민을 울린 사기 범죄 등 돈과 관련된 범죄에 대해서 관대하게 처분하고 그 자료를 언론사에 아낌없이 제공하라는 것 정도.

불공정하고 불공평한 사회라는 것을 일부러 조장하고 있다는 느낌은 있지만 대한민국을 망하게 하려고 한다고 해석하기엔 약간 무리였다.

'꼬리 정도에 불과하군.'

검찰총장은 직함에 비해 아는 것이 너무 없었다. 그러나 실망하지 않았다. 그의 오늘 스케줄에 청와대 방문이 있었기 때문이었다.

1시간 정도 인터넷으로 2067년의 사회 상황을 훑어보고 있을 때 청와대로 출발할 시간이 되었다고 비서관이 말했다.

'지금까진 아주 좋아.'

청와대와의 약속이 없었다면 직접 일을 만들어서라도 청와대로 왔을 것이다.


"대통령님은 언론사 사장단과 얘기를 나누고 있으니 일단 저희랑 얘기하면서 기다리시죠."

현 청와대 정책조정수석과 정무수석이 대기실로 들어와 앉았다.

정무수석이 넌지시 물었다.

"총장님께서는 현재 전국적으로 번지고 있는 집회에 대해 어떻게 생각하십니까?"

"달갑지 않습니다. 솔직히 경찰이 강경 진압을 해서라도 집회를 해산시켜야 한다고 생각합니다."

"강경 진압을 하면 불난 집에 기름을 붓는 것과 마찬가지일 겁니다."

"그럴 수도 있겠군요. 정무수석께서는 어떤 고견이 있는지 들어볼 수 있겠습니까?"

"제 입장에서야 더 이상 집회가 벌어지지 않고 흐지부지되었으면 하는 바람입니다. 그러나 이번 집회의 경우 사람이 갈수록 늘어나고 있어서 그렇게 되긴 쉽지 않을 겁니다."

"저 역시 그렇게 생각합니다."

"강경 진압은 안 되고, 집회는 점점 커져갈 것 같고……."

잠깐 틈을 준 정무수석은 정책조정수석과 잠시 눈을 맞추고 난 후 말을 이었다.

"정부에 대한 비판의 성격이 강한 현 집회의 방향을 다른 곳으로 돌려야 한다고 생각합니다."

"아주 좋은 방법이군요."

"집회를 주도하는 인물들을 설득하는 것도 한 방법이 되겠지요."

설득이라고 말이 매수로 들리는 건 착각이 아닐 것이다.

"지역감정을 자극할 만한 기삿거리가 더해진다면 더 좋을 겁니다."

두 사람이 좋아할 만한 대답을 하면서 핸드볼 크기만 한 구를 만들어 정책조정수석에게 쏘았다.

평소 만들던 테니스공만 한 구가 5년의 기억을 읽어 들였으니 모든 기억을 읽기 위해서라면 핸드볼 크기 정도는 되어야 한다고 생각했다.

머리로 날아가던 구는 벽에 부딪힌 공처럼 튕겨져 나왔다.

어떻게 이 느낌을 잊겠는가?

'빌어먹을, 또냐? 부적을 그려준 사람을 없애 버리든가 해야지 이거 제대로 일을 못 하게 만드네.'

신경질은 났지만 이런 경우도 예상을 했었다.

난 짜증을 감추고 튕겨져 나온 구를 정무수석에게 쏘았다. 근데 이번엔 별로 기대 안 했는데 기억이 머릿속으로 쏙 들어왔다.

'기억!'

쾌재를 부르며 기억을 읽어 들였다.

'오! 재수. 게다가 이번엔 제법 건질 게 많군.'

출근을 하기 위해 나오던 정무수석은 지하주차장 엘리베이터에서 재수 없게도 세차를 끝내고 들어오는 아파트 주민과 부딪혀 옷을 버리게 되었다.

그래서 다시 옷을 갈아입었는데 그러다 부적 옮기는 걸 잊어버린 것이다.

정책조정수석과 정무수석이 떠드는 소리를 듣는 둥 마는 둥하며 읽어 들인 기억을 살핀 결과 중요한 네 가지를 알아냈다.

하나, 정무수석은 류성은이 설립한 학교를 나왔고 현재 대부분의 권력자가 그 학교 출신이라는 것.

둘, 대통령의 명령에 들불처럼 일어난 국민들의 집회를 지역감정과 빈민층과 부유층의 대립으로 몰고 가려한다는 것.

셋, 대통령을 모시고 여러 번 류성은의 집에 방문했던 적이 있다는 것.

넷, 부적을 언제부터 몸에 지니고 다녔는지에 관한 것이었다.

'…점점 가까워지는군.'

실체와 진실에 가까워지는 느낌이 들었다.

정책조정수석과 정무수석은 서로 말을 주거니 받거니 하면서 길게 얘기했지만 포인트는 '대통령이 원하는 일이니 검찰에서도 잠자코 협조를 해라'는 것이었다.

"저희 검찰은 적극 협조하겠습니다."

그들이 원하는 대답을 들려주었다.

"잘 생각하셨습니다. 곧 대통령님을 만나실 텐데 그때도 지금처럼 말하시면 될 겁니다."

둘은 떠난 후 10분도 되지 않아 비서관이 와서 대통령에게로 안내를 했다.

"어서 오게, 차 총장. 언론 사장단들과 얘기하느라 좀 늦었네."

"얘기는 잘되셨습니까?"

"협조해 줄 것을 당부했으니 알아서들 하겠지."

간단한 인사말 주고받으면서 정무수석에게 그랬듯이 구를 만들어 대통령에게 쏘았다.

튕겨져 나오는 구. 예상을 하고 있었기에 실망할 이유가 없었다.

다만 그가 류성은과 무슨 얘기를 주고받았는지 알고 싶었는데 아쉽게 되었다.

"정부가 하는 일에 적극 협조하기로 했다면서?"

대통령의 물음에 문득 심통이 났다.

더 이상 청와대에서 얻을 건 없었고 굳이 내가 이 비겁한 검찰총장을 위해 애쓸 이유도 없었다.

"협조 안 할 겁니다."

"그래! 정부가 하는 일인데 적극 협조… 응? 방금 안 한다고 말했나?"

대통령은 예상치 못한 답을 들은 사람마냥 놀란 얼굴로 되물었다.

"예. 안 할 겁니다."

"차 총장!"

"지금 전국을 떠들썩하게 울리고 있는 국민들의 따끔한 지적이 들리지 않습니까? 그들의 울부짖는 소리가 들리지 않습니까? 언제까지 여론을 이용해 국민들의 눈을 가리고, 사법부를 이용해 그들을 어르고 달래고 할 셈입니까!"

"이, 이 사람이……!"

"뭐요? 내가 틀린 말 했습니까?"

대통령의 얼굴은 가관도 아니었다. 화를 참는지 얼굴이 울긋불긋 시시각각으로 바뀌었다.

그러나 대통령을 짤짤이해서 딴 건 아닌지 화를 꾹 참고 말했다.

다만 목소리에 담긴 분노마저 없애진 못했는지 가늘게 떨리고 있었다.

"…자네 생각은 잘 알았으니 이만 끝내지."

"저를 경질시킨다 해도 검찰을 마음대로 하지 못할 겁니다."

난 정말 대단한 우국지사가 된 듯이 그를 향해 당당하게 외쳤다.

"…으드득! 있을지 없을지는 두고 보세."

대통령이 이를 갈며 나간 후 경호 요원이 들어와 내쫓듯이 밖에까지 안내했다.

"큭큭큭! 나름 재미있군."

차에 오른 난 대통령의 얼굴이 생각나 한참을 웃었다. 유치하긴 했지만 꽤 재미있었다.

"총장님, 어디로 모실까요?"

운전기사는 웃을 땐 말을 걸지 않고 있다가 어느 정도 웃음을 멈추고 나자 물었다.

"청계산으로 가지."

"청계산이요? 어디쯤으로 갑니까?"

"일단 입구로 가게. 거기서부턴 내가 설명해 주지."

의전용 차는 천천히 청계산을 향해 움직였다.


정무수석의 기억에 따르면 류성은은 여전히 청계산에서 살고 있었다.

다만 그때와 달리 지금은 초입에 설치된 거대한 철문을 경호원들이 지키고, 일대 전부가 높은 철조망으로 둘러싸여 있었다.

"어디서 오셨습니까?"

철문 앞에 차를 세우자 방범용 무기를 든 경호원들이 다가

와 물었다.

"검찰총장이네. 류 회장님께 뵙고 싶다고 전해주게."

"기록에 없는데 약속 없이 그냥 오신 모양이군요?"

"급한 일 때문에 왔으니 일단 말이라도 전하게."

"…잠시만 기다리십시오."

어설픈 인물로 왔다면 문전박대를 당했을 것이다. 다행히 검찰총장이라는 직함이 그 정도까지는 아니었는지 잠시 후 올라가라는 말과 함께 철문이 열렸다.

꽃과 나무로 어우러진 길을 따라 조금 올라가자 중간에 또 다른 검문소와 고용인들이 지내는 건물이 나왔다.

"여기서부터는 걸어가셔야 합니다. 제가 안내하겠습니다."

"그러지."

굳이 직위를 내세워 실랑이할 생각은 없었다. 설령 내세운 다고 해도 통할지 의문이었지만.

성으로 따진다면 내성에 해당되는 지역은 자연 그대로 내버려 둔 느낌이었다. 그래서 일견 외성보다 초라해 보이기까지 했다.

경호원을 따라 시골 산길을 5분쯤 걸어 올라가자 드디어 목적지가 보였다.

'헐! 저 집이 아직까지 있다니……'

오른쪽으로 중세 귀족의 집처럼 고풍스러우면서도 화려해 보이는 건물이 있었고 왼쪽으로는 얼마 전에 봤던 낡은 집이 있었다.

"지금은 저쪽 옛집에 계시다고 하니 저리 가시면 됩니다. 그럼 전 이만."

경호원의 말대로 낡은 집 쪽으로 걸음을 옮겼다.

길은 2013년과 바닥만 조금 달라졌을 뿐 변한 것이 없었는데 걸으면 걸을수록 낡은 집의 전체가 보이기 시작했다. 그리고 마당 한옆에서 서성이고 있는 이가 보였다.

'류성은!'

바로 그녀였다.

## 제8장

알아내다

　로봇 정원사들이 관리하는 꽃밭을 바라보고 있는 류성은은 2067년 현재 나이 여든한 살인데 의학을 도움을 받았는지 많이 보아도 50대 초반 정도로밖에 보이지 않았다.

　게다가 어렸을 때—과연 스물일곱이 어리다고 봐야 하는지 모르겠지만—없던 묘한 원숙미가 있어 과연 그녀가 맞는지 의심스러웠다.

　"검찰총장님께서 웬일입니까? 그룹과 관련된 일이라면 성철이와 얘기하면 될 텐데요."

　나이는 날 선 목소리마저 무디게 만드는지 아주 듣기 좋은 톤으로 말했다.

언급은 안 했지만 류성철은 이 시대에 여전히 존재하고 있었다. 2018년생으로 그의 나이 쉰, 아무래도 나와의 연극이 끝난 다음 만난 남자의 자식인 모양이었다.

"몇 가지 묻고 싶은 게 있어서 왔습니다."

"그런가요? 그럼 차라도 마시면서 얘기하죠. 저쪽에 앉아계세요. 날이 좋으니 밖에서 마셔요."

그녀가 권한 원목 탁자와 의자는 그냥 주변에 있는 나무를 대충 잘라서 갖다 놓은 것처럼 보였다. 한데 오랜 세월 관리를 잘해서일까. 어떤 고가구보다 운치 있어 보였다.

류성은은 방으로 들어가 차 두 잔을 타서 나왔다. 그리고 내 앞에 놓아줬다.

"물어보세요."

묻고 싶다면서 접근을 했지만 이렇게 아무 탈 없이 가능하게 될 줄은 몰랐다.

잠시 고민했다. 그리고 이왕 기회를 갖게 되었으니 원하는 걸 묻고 싶었다.

"한국을 왜 그리 싫어하는 겁니까?"

"…재미있는 질문이네요. 난 한국을 위해 지금까지 꽤 많은 일을 해왔다고 생각해요. 여느 재벌들처럼 회삿돈을 쌈짓돈처럼 생각한 적도 없고 회사가 힘들다고 국가와 국민에게 손을 벌린 적도 없어요. 세금도 탈세 한 번 하지 않고 냈고요. 총장님도 잘 아시잖아요?"

"뒤로는 분란을 일으키면서 말이죠."

류성은은 옅은 미소를 지은 채 날 빤히 쳐다봤다. 나도 지지 않고 같이 쳐다보았다.

한데 그녀의 눈을 바라보면 볼수록 차승기가 아닌 2013년에 있는 날 뚫어보는 것 같았기에 눈을 돌릴 수밖에 없었다.

"훗! 평소 말하기도 전에 알아서 기던 총장이 대통령에게 큰소리를 쳤다고 할 때부터 눈치챘어야 했는데. 난 또 중국 꼬맹이가 준 돈에 넘어갔나 했네."

"무슨 얘기를 하는 건지 통⋯⋯."

"너답다. 어린애였던 나와 성철이를 죽이려 할 때도 주절거리더니 너도 어지간히 결정력 장애야. 이제 이렇게 찾아오는 거 지겹지도 않아?"

'겉으로는 멀쩡해 보이는데 노망이 든 건가? 그리고 도대체 2085년에 내가 류성철과 붙었다는 사실은 어떻게 안 거야?'

류성은의 말에 어리둥절했다.

다만 내가 빙의하는 걸 막는 부적의 존재와 그녀가 하는 말을 종합해 보면 그녀가 나란 존재에 대해 확실히 알고 있음을 알게 되었다.

숨길 이유가 없다면 굳이 내숭 떨고 앉아 있을 이유가 없었다.

"나에 대해 잘 알고 있는 것 같으니 단도직입적으로 물을

게. 대한민국을 없애려 하는 게 너지? 네가 이 나라를 일본에 팔아넘기려는 거지?"

"…너 도대체 정체가 뭐야?"

방금 전까지 다 아는 것마냥 말하던 류성은이 묘한 표정을 지으며 물었다.

"방금 전까지 다 아는 거처럼 말하더니 이번엔 모르쇠인 거야? 정말 치매인 건가?"

"너야말로 치매 아냐? 분명 다른 존재는 아닌 것 같은데 도대체 그 질문을… 아! 너에게 시간개념이 없나 보구나?"

과연 마주 앉아서 같은 얘기를 하고 있는 것이 맞나 싶을 정도로 류성은과 나는 서로 이해하지 못할 말만 했다.

"자꾸 엉뚱한 소리 하지 말고 말해! 네가 한국을 일본에 팔아넘겼냐고!"

난 버럭 소리 질렀다. 만일 정말 치매에 걸렸다면 얼떨결에라도 말하지 않을까 하는 생각에서였다. 그러나 이번 대답도 이해 못 할 말이었다.

"질문에 대한 답은 곧 듣게 될 거야."

"…그게 무슨 소리야?"

"생각보다 둔하군. 일단 지난번 일에 대한 복수를 해야겠어. 아! 그러고 보니 꽤 오랫동안 준비한 일인데 결과적으로 실패겠네."

차를 다 마신 류성은은 여전히 이해 못 할 말을 하면서 허

공에 손을 저었다.

과학이겠지만 눈으로 보기엔 마법처럼 집 주변에 조그만 푯말들이 일어났다.

"무슨 수작을……! 허억!"

살기를 감지하고 탁자에서 물러서려 할 때였다. 심장을 옥죄는 듯한 충격에 마치 전쟁에 패배한 적장처럼 류성은의 앞에 무릎을 꿇어야 했다.

"큭! 이, 이게… 윽!"

이를 악물고 일어나려 했지만 내 팔다리가 아닌 듯 힘이 들어가지 않았다. 오히려 내 의지와는 상관없이 몸이 점점 앞으로 기울어지더니 바닥에 머리를 박으며 쓰러졌다.

"설마 이게 작동할 줄은 나도 몰랐는데……. 만들 때 가급적 큰 고통을 느끼게 해달라고 부탁을 했는데 어떻지?"

"도, 돈만 버린 것 같은데? …저, 전혀 아프지 않아."

현실에 있는 김철의 몸에서 식은땀이 흐를 정도로 고통은 심했지만 태연한 척해 보았다.

물론 통할 것이라곤 생각되지 않았다. 자연스레 인상이 구겨졌기 때문이었다.

근데 진짜 문제는 고통이 아니었다.

고통이 가해질 때마다 에너지가 쭉쭉 닳고 있었는데 아무래도 연결선을 통해 현실에 있는 몸의 에너지까지 빨려 나갈 것 같은 증상을 보이고 있었다.

"그래? 그럼 일단 참을 수 있을 때까지 참아봐."

류성은은 한쪽 입꼬리를 올리며 비웃었다. 그러곤 차 주전자를 가져와 따라 마시며 동물원의 동물을 구경하듯이 나를 구경했다.

꽤나 자존심 상하게 만드는 눈동자였지만 자존심을 내세울 때가 아니었다. 우려가 현실로 나타나고 있었기 때문이었다.

아직까지는 미약한 양이지만 시간이 흐른다면 고갈될 수도 있었다.

'생각을 해!'

고통이 생각하는 것마저 방해를 하게 만들었다.

그러나 죽을지도 모른다는 긴박감이 고통을 조금이나마 줄여주었다.

'움직일 수 있을까?'

손가락을 꼼지락거려 보았다. 손가락을 움직이는 것이 무거운 바벨을 드는 듯 힘겨웠다.

그래도 작은 돌멩이를 집어보려 했다. 마치 달팽이가 걸어가듯이 손가락이 기어간다.

"서서히 절망으로 물들어가는군. 그래 너의 그런 모습을 보고 싶었어."

"후… 내, 내가 절망할 이유가 없지. …곧 이곳을 벗어날 거거든. 하아하아~"

말하는 것도 힘들었다.

"거짓말은 꽤 능숙하네. 하지만 네가 나에게 선물을 준 건 잊었나 보네."

"서, 선물?"

"어릴 땐 저주였는데 어른이 되자 괜찮은 선물이 되었어. 물론 사람을 못 믿게 만들었지만."

"내가 준 선물이라……."

짐작 가는 게 있었다.

그날 내가 과거의 나—어린 류성은을 죽이려던—를 덮쳤을 때 류성은의 몸에 에너지가 남게 되었고 그로 인해 사람의 마음을 느낄 수 있는 능력을 얻은 것이다.

지금까지 그녀가 보여준 모습을 생각해 보니 이제야 모두 이해가 되었다.

류성은과 얘기를 하면서 난 조그마한 돌멩이를 집으려는 노력을 멈추지 않고 있었다.

그것을 집는다고 특별한 변화가 있을 것이라 생각은 들지 않았지만 그마저도 못 해낸다면 정말 절망할 것 같았기 때문이다.

'어? 방금……!'

힘겹게 움직이던 손가락이 짧은 순간 스윽 하고 움직여 작은 돌멩이를 집었다.

그리고 10초 정도 그 힘이 지속된 후 손가락이 다시 무거워졌다.

이유를 찾기 위해 손가락은 또 다른 돌을 줍기 위해 움직였고 류성은이 눈치채지 못하도록 말을 돌렸다.

"…서, 선물을 준 사람에게 이러다니… 큭! 기, 기본적인 예의가 없군."

"하! 다른 사람들은 몰라도 넌 그런 말을 할 자격이 없어. 다짜고짜 사람을 죽이려던 자가 할 말은 아닌 것 같은데?"

"하… 하하……. 네가 지금 하고 있는 일을… 새, 생각해 보면 꼭 그런 것 같지는 않은데. 셀 수 없는 사람들을 절망으로 빠뜨리는 것이… 과연 살인보다 못하다고 할 수 있나?"

"그게 다 누구 때문인데! 어느 날 갑자기 납치를 해서 미래에 이 나라를 망하게 만든다며 죽어야 한다면 넌 이해할 수 있겠어? 게다가 지독한 사념 따위를 남겨놓고 가서 크는 내내 죄책감에 시달려야 했어!"

"그 죄책감은 어디다 버린 거지? 지금의 네 모습을 봐. 난 틀리지 않았어."

"역시 말이 통하지 않아. 닭이 먼저냐 달걀이 먼저냐의 딜레마…….'

'알아냈다!'

짧은 순간 손가락을 편하게 움직일 수 있었던 이유를 알 수 있었다.

바로 정원을 관리하는 세 대의 로봇 중 두 대가 움직이다가 푯말을 살짝 건드렸는데 그 순간 나를 옥죄고 있는 함정이 살짝 힘을 잃고 있었다.

'이번에 실패하면 꼼짝없이 죽게 될 거야. 절대 실패해서는 안 돼.'

약간 흥분한 듯 외치는 류성은의 말이 들리지 않았다. 오로지 로봇이 다시 폿말을 건드리는 순간을 기다렸다.

"이 모든 것이 네 잘못 때문이라고는……. 잠깐 너 지금……!"

워낙 정신을 집중하고 있어서일까. 류성은은 내 생각을 어느 정도 읽었는지 자리에서 일어났다.

'지금이다!'

난 여섯 개의 구를 만들었다.

그리고 일단 폿말을 건드린 로봇을 향해 세 개를 발사했다.

류성철의 경호 로봇이 구에 맞고 움직이지 않았다는 점을 생각해 취한 행동이었다.

웅우우우~

로봇은 정확하게 폿말을 살짝 민 상태에서 멈췄다. 이어두 번째 로봇에게도 발사했고 이번에도 역시 예상대로 멈췄다.

두 곳의 폿말이 살짝 뒤틀리면서 함정의 힘은 상당히 약해졌다.

여전히 내 몸을 옥죄고는 있지만 못 움직일 정도는 아니었다.

"으아아아합!"

짓누르는 힘을 기합으로 이겨내며 자리에서 박차고 일어났다.

"숨겨둔 재주가 있었군. 안 그래도 지켜만 보기 지겨웠는데 잘됐네."

류성은은 우리 집안 가전 무술의 기수식을 취했다.

딱히 힘이 느껴지지 않는 평범한 자세였지만 그 속에 숨겨진 힘은 젊은 시절과 비교도 되지 않음을 느낄 수 있었다.

지금의 류성은은 아마 지난번에 봤던 류성철 못지않게 괴물일 게 분명했다.

멀쩡한 상태에서도 절대 이길 수 없을 텐데 핸디캡마저 가진 지금 상태에서 류성은을 이길 가능성은 전무했다.

그렇다고 함정 때문에 도망도 갈 수 없는 상태.

난 평범한 복싱 자세를 취했다.

"넌 절대 빠져나갈 수 없어. 오늘 종지부를 찍고 말겠어."

류성은은 한 발을 내디디며 말했고 난 한 발 물러나며 대답했다.

"아니. 절대 빠져나갈 수 있어."

"어디 해봐!"

곱게 나이 든 할머니가 지금 이 순간만은 백발마녀라 불려도 손색없을 만큼 살기를 줄줄 흘리며 다가왔다.

"하압!"

다시 기합으로 힘을 모은 난 원목 탁자를 방해물 삼아 농기구가 놓여 있는 벽 쪽으로 뛰었다.

"무기를 든다고 이길 수 있을 것……! 안 돼!"

류성은은 이죽거리며 쫓아오다가 내가 몸을 날리자 내가 뭘 하는지 알아채고 외쳤다.

내가 몸을 날린 곳은 농기구인 삼지창이 있는 곳이었다. 그리고 삼지창의 날카로운 날은 정확히 내 목을 향하고 있었다.

부우욱!

생살을 찢으며 파고는 삼지창의 고통은 지금까지 느껴본 고통 중 단연 으뜸이었다.

"독한 놈……."

류성은은 아연한 표정으로 날 보고 있었다. 전혀 생각을 못 하고 있었나 보다.

사실 나도 쉽지 않은 결정이었다.

뾰족한 삼지창을 향해 몸을 날릴 땐 0.5초도 되지 않은 갈등의 시간이 마치 억겁처럼 느껴졌었다.

"…그럭, 컥!"

오늘은 졌다고 다음에 보자고 말하고 싶었지만 입을 벌리자 피만 주룩 흘렀다.

"다음엔 승자로 마음껏 즐겨. 그러나 결국은 내가 이기게 될 거야."

류성은은 끝까지 이해할 수 없는 말을 했다. 그리고 의문의 눈빛을 보내기도 전에 눈이 감기며 차승기의 시선을 잃었다.

*　　　*　　　*

"크으윽!"

호텔 침대에 누워 있던 난 목을 움켜쥐며 일어났다.

드라마 '사선을 뚫고' 촬영이 끝나고 석훈과 엄옥당의 방해를 받지 않기 위해 호텔로 온 것이다.

차승기와 연결이 끊어지면서 고통이 사라졌음에도 잔상처럼 남은 섬뜩함과 고통에 몸이 부르르 떨렸다.

벌컥! 벌컥!

미니바로 가 양주를 꺼내 단숨에 들이켰다.

서너 배 비싼 요금을 치러야 한다는 것은 중요하지 않았다. 지금은 그저 더러운 기분을 씻어내는 게 중요했다.

"하아~ 하아~"

잠시 후 취기가 올라오기 시작하자 섬뜩한 기운은 차츰 무뎌지고 기분도 조금 나아졌다.

배가 고팠다. 식은땀으로 흠뻑 젖은 몸을 씻고 스카이라운지에 있는 식당으로 올라갔다.

이번엔 류성은에 대한 증거를 알아낼 때까지 호텔에서 머물 생각이었다.

'빌어먹을! 얼마나 많은 에너지를 잃은 거야.'

족히 열 번 정도는 시간여행을 할 수 있는 에너지가 사라진 것 같았다. 이제 어떤 착한 일을 해도 채워지지 않고 소모만 되는 에너지의 손실은 뼈아팠다.

그러나 잃은 만큼 배운 것도 하나 있었다.

두 번 다시 먼 미래로는 가지 않겠다는 다짐.

쓴웃음으로 기분을 털어냈다. 이미 잃어버린 것을 어쩌겠는가.

"무얼 드시겠습니까?"

"스테… 아니, 봄 메뉴 중에 벚꽃으로 주세요. 소주도 한 병 부탁드려요."

스테이크를 먹을까 하다가 조금 전에 피를 충분히 봐서인지 해산물과 봄나물 위주의 코스 요리를 주문했다.

소주는 흔히 마시는 증류식 소주가 아닌 고급 소주였는데 도수가 높은 것이 마음에 들었다.

누구 코에 붙일까 싶을 만큼 적은 양의 음식들이 여러 번에 걸쳐 나왔다. 그러나 먹다 보니 충분히 배가 부를 정도는 됐다.

"맛있네."

음식도 음식이지만 향이 좋은 소주가 기분을 좋게 했다.

두 병을 비우고 다시 한 병을 주문하려는데 이름은 같은 소주인데 병과 색깔이 다른 소주를 종업원이 들고 와 내밀었다.

"저쪽 테이블 손님이 갖다 주라고 하셨습니다."

종업원이 가리키는 방향을 보니 중절모에 하얀색 양복을 입은 노인네가 손을 흔들고 있었다.

"…저 아저씨가 여긴 웬일이야?"

목숨을 살려준 대가로 10번의 부탁을 들어준 후 더 이상 연락하지 말라면서 전화번호까지 바꿔 버린 매정한 '그'였다.

"쩝! 술 마시러 왔나 보지."

옆에 섹시하게 생긴 아가씨가 있었는데 나랑 친하다는 걸 자랑하고 싶었는지도 모르겠다.

손을 흔들어 고마움을 표한 후 그에게 신경을 끄고 술을 깠다.

확실히 프리미엄이라는 단어가 붙은 술답게 지금까지 마신 소주보다 향과 맛이 훨씬 좋았다.

"손님, 저쪽 테이블에서 이것도……."

조금 지나자 '그'는 회를 보내왔다.

"이 양반, 이러다 여자도 보내오겠네."

귀찮긴 했지만 손 한 번 흔드는 데 회 한 접시면 손해 보는 장사는 아니라는 생각에 다시 손을 흔들어줬다.

역시 공짜가 맛있긴 했다.

"저… 손님?"

보내온 소주를 반병쯤 비웠을 때 종업원이 다시 조심스럽게 말을 걸었다.

생각을 할 만하면 말을 걸어오는 통에 짜증이 났다.

"더 이상 받지 않겠습니다. 그러니 가져가세요."

"죄송합니다, 손님! 정말 죄송합니다. 꼭 전하라고 해서……. 죄송합니다."

연신 허리를 숙이며 죄송하다고 말하는 종업원을 보고 있자니 이번까지는 받아야 할 것 같았다.

"댁이 무슨 잘못이 있겠습니까. 이번엔 뭡니까?"

"이겁니다."

"……."

종업원은 고개를 푹 숙인 채 오른손을 내밀고 가운데 손가락을 제외하고 구부렸다.

좆 까. 엿 먹어. Fuck you를 의미하는 손짓.

종업원이 거의 울먹이는 수준으로 죄송하다고 말하지 않았다면 손가락을 꺾어버렸을 것이다.

'그'를 쳐다보았지만 내 쪽을 바라보고 있지 않았다.

"그 양반 오라는 말을 왜 이렇게 어렵게 하는지. 여기 있는 술과 음식들만 저쪽 테이블로 옮겨주세요."

"아! 네네, 알겠습니다."

종업원을 뒤로 하고 '그'가 있는 테이블로 갔다. 주변에 앉아 있던 사내들이 움직이려다가 '그'의 손짓에 다시 엉덩이를 의자에 붙였다.

"오랜만입니다. 두 번 다시 안 보겠다던 양반이 웬일이십니까? 그리고 보고 싶으면 오라면 될 것을 힘없는 종업원을 겁박해서 그딴 일을 시키다니 많이 타락하셨습니다."

"어른이 주는 걸 넙죽넙죽 받아먹으면서도 와서 인사할 생각도 안 하고 손만 흔드는 예의 없는 놈 때문에 정중히 부탁을 한 것뿐이다."

"아직 노망들 나이는 아닌 것 같은데 '정중히'라는 단어에 대해 잊은 겁니까?"

"하여간 말하는 싸가지는 여전하구나."

"아직 살날이 창창하니 바뀔 리가 없죠. 죽을 때 되면 바뀌겠지만 보실 수나 있겠습니까? 근데 이분은 애인입니까? 아님, 형수님?"

난 그의 옆에 앉아있는 여자에게 살짝 고개를 숙여 인사를 했고 그녀는 내 말이 재미있다는 듯 손으로 입을 가리며 배시시 웃었다.

아주 단순한 동작이었지만 심장이 두근거릴 정도로 묘한 색기가 있었다.

'이 여자 최정연과 비슷한 부류군.'

얼굴은 최정연에 비해 한참 떨어졌지만 느낌이 딱 그쪽이었다.

"허어~ 형수님? 내가 첫사랑에만 실패하지 않았어도 너보다 큰 아들이 있을 거다."

"참나, 사모님이라고 부를까 하다가 그래도 예의상 형수님이라고 부른 건데. 싫으면 관두십시오, 영감님."

"망할 놈…… 한 마디도 안 지는구나."

"그나저나 제가 연락할까 봐 전화번호까지 바꾼 분이 우연히 만났다고 제게 술을 보냈을 리는 없고. 무슨 용건입니까?"

우연히 이곳에 왔다가 날 봤을 수도 있지만 뭔가 말할 게 있는 눈치였다.

내 물음에 지금까지 농담을 하던 그답지 않게 얼굴을 굳혔다. 그리고 여자에게 고갯짓을 했다.

여자가 자리에서 일어나 다른 테이블로 가고 나자 그는 술병을 들어 내 잔과 자신의 잔에 술을 가득 따랐다. 그리고 술잔을 들어 건배를 제의했다.

그는 단숨에 술을 마신 후 입을 열었다.

"강남엔 왜 집적대는 거냐?"

앞뒤 다 잘라먹고 하는 얘기를 알아들을 만큼 컨디션이 좋은 상태는 아니었다.

"그리 물으면 누가 알아듣겠습니까? 좀 더 자세히 말해보세요."

"혜화동 일대를 손에 넣었으면 그곳에서 돈 벌 생각이나 하지 왜 강남을 넘보느냐는 말이다. 상수 뒤에 네가 있다는 거 다 아니까 시치미 뗄 생각 마라."

그의 부연 설명에 '그'가 어디에서 일을 하는지 어느 정도 짐작이 됐다.

'내가 했던 쉽지 않은 부탁들을 순식간에 알아냈던 능력을 생각해 보면 서울 폭력조직 연합회의 간부라고 해도 이상할 것이 없긴 하지.'

짐작은 짐작일 뿐 사실은 아니었다. 그래서 사실 확인을 해야 했다.

"연합회 소속입니까?"

"그래."

"비공식적인 물음입니까, 공식적인 물음입니까?"

혼자 알고 있는지 연합회의 모두가 알고 있는지 물었다.

"내가 공식화하면 공식화가 되는 거다."

"헐~ 회장님이셨습니까?"

"놀란 척하지 말고 내가 묻는 말에 대답이나 해."

"빡빡하시긴. 집적대는 게 아니라 제가 당한 일 때문에 상수가 절 좀 돕고 있습니다."

"신선제약 건 말이냐?"

정보 수집 능력은 타의 추종을 불허하는 사람이니 거짓말을 해봐야 소용이 없었다.

"네. 당했으면 돌려주는 것이 이쪽 세계의 도리 아니겠습니까?"

"손해만 본 건 아니잖아? 이번 바이러스 치료제로 오히려 상당한 이익을 봤을 텐데?"

"도대체 모르는 게 없으시네요. 물론 결과적으로는 이익이지만 사기를 당해 손해를 보지 않았다면 더 큰 이익을 보게 되는 것이었으니 결국 손해는 손해죠."

50억에 살 수 있는 것을 1,000억에 샀으니, 비록 현재는 3,000억이 됐다고 하더라도 손해라면 손해였다.

"난 서울이 시끄러워지길 바라지 않는다."

"조용히 해결할 겁니다."

"넌 조용할지 모르지만 어떤 식으로 처리하든 우리 입장에선 시끄러울 수밖에 없다."

"그래서요?"

"그냥 넘어가라. 네가 손해를 보고도 조용히 넘어갔다는 건 알고 있으니 연합회에서 언제고 돌려줄 거다."

그가 어디까지 알고 있는지 모르지만 그가 두치파에게 도움을 준다면 이번 일은 실패할 가능성이 높았다.

그러나 지난번에도 언급했지만 실패하든 성공하든 민종수와 이번에 끝을 낼 생각이었다.

"싫다면요?"

"…서울 조직 전체를 적으로 돌릴 생각이냐?"

그는 물을 흐리는 미꾸라지를 용서하지 않겠다는 눈빛으로 나를 바라보고 있었다.

"아뇨. 하지만 포기할 생각은 없습니다."

"네가 하려는 일은 전체를 적으로 돌리는 일이다."

"그렇다면 어쩔 수 없죠. 다만 연합회는 사상 최악의 적을 만드는 일이 될 겁니다."

"…미친놈. 자화자찬도 그 정도면 전설급이다. 네가 강하다는 건 알지만 어림도 없다."

"정말 안다고 생각하십니까?"

"허어~"

내가 물러날 기색을 보이지 않자 그는 어처구니없다는 듯 한숨을 토해냈다. 그리고 내 표정을 뚫어지게 쳐다보다가 중얼거렸다.

"정말 할 생각이구나? 어쩜 지 애비랑 이렇게 똑같은지……."

"아버지를 아십니까?"

"내 나이대 사람치고 네 아버지 김유성을 모르는 사람이 없지. 한 여자를 위해 전 조직과 맞서 싸우려 했으니까. 그리고 내가 위험에 처했을 때 천안으로 가라고 말해준 것도 네 아버지였다."

"그렇습니까? 제가 이러는 건 유전인가 봅니다. 하하하!"

"아님 방금 네가 말한 것처럼 내가 모르는 게 있거나. 음……. 빌어먹을 놈! 전혀 귀엽지 않으니 너스레 떨지 마. 한데 명분은 금전적 손해, 그게 다냐?"

설득도 협박도 먹히지 않는다고 생각해서인지, 지난날의 정리를 생각해서인지 그는 한 발짝 물러나는 태도를 취했다.

"일단은요."

"좋아. 그럼 선제공격당했다는 명분 하나만 더 만들어. 그럼 최소한 전체가 공격하는 일은 없게 해주겠다."

"웬일이십니까? 혹시 저의 박력에 반했습니까?"

"지랄을 해라. 괜스레 소란을 키워봐야 간신히 다시 찾은 내 자리가 위태로울까 봐 그런다."

"솔직하시네요."

"대신 내가 양보했으니 혹 네가 두치파를 처리한다고 해도 두 지역 모두 가지는 건 용납 못 한다."

"강남을 가져도 된다는 말처럼 들리는군요?"

"지킬 자신만 있다면. 아무튼 이제 말썽 좀 피우지 마라. 이제 편안한 말년을 보내고 싶다."

노인은 퉁명스럽게 자신의 안위를 위해 두치파와의 일을 묵인하겠다고 말했지만 어느 정도는 날 위해 그렇게 함이 느껴졌다.

"노력하겠습니다. 한데 그리 편안할 것 같진 않습니다만. 보약 먹는다고 해결될 여자는 아닌 것 같으니 몸 관리 잘하십시오."

"이 자식이 무슨 소릴 하는 거야. 쟤 내 딸이야."

"에? 그럼 아까 첫사랑 운운한 건 뭔데요?"

"첫사랑이랑 안 됐고 두·번째 사랑이랑 됐어. 그래서 쟤가 너보다 어린 거고."

"그럼 아까 형수님이라고 했을 때 그렇다고 말하시지 전 애인인 줄 알았잖아요. 아무튼 죄송합니다."

그에겐 물론이거니와 다른 테이블에 앉아 있는 그의 딸에게도 고개를 숙여 사과를 했다. 그녀는 내가 사과하는 의미를 아는지 모르는지 그냥 아까처럼 배시시 웃을 뿐이었다.

"진짜 죄송하냐?"

뭔가 '쎄'한 느낌의 질문.

"아뇨. 그냥 예의상 한 말입니다."

그는 내 말은 못들은 척 말을 이었다.

"사과는 받아들이마. 대신 저 애랑 하루만 놀아줘라."

놀아달라니? 아기여서 하루쯤 보모 노릇을 하라는 의미는 아닐 터.

일반적인 사람은 아니라는 걸 알았지만 설마 이런 이상한 부탁을 할지는 몰랐다.

"혹시 머리라도 다친 겁니까?"

"눈치챘냐?"

"에?"

"저 애보고 하는 소리 아니었냐?"

배시시 웃기만 한 이유가 있었던 모양이었다.

그는 술을 연거푸 마신 후 말을 이었다.

"난 너로 인해 살아났지만 저 애는 아니었어. 얼굴 반반한 여자애가 악의 가득한 놈들에게 붙잡혔다면 무슨 일이 일어날지는 빤한 일. 네가 저 애를 찾아낸 곳은 일본의 외딴섬이었어. 참 많은 곳을 거쳤더군."

그는 담담히 말하려 애썼다. 그러나 술잔을 꽉 쥔 손이 연신 부들거리는 것이 그의 애통함과 분노를 나타내는 듯 보였다.

"…관련자들을 다 죽였네. 그리고 저 애에게 얘기해 줬지. 혹시 내 얘길 듣고 정신을 차리길 바라면서. 하지만 결과는 보는 바와 같네."

뭐라고 위로해야 할지 몰랐다. 그러나 그가 하루 동안만 같이 있어달라고 하는 이유는 알아야 했다.

"저에게 맡기려는 이유는 뭡니까?"

"마음의 문을 닫아버린 저 애는 하루 종일 멍하니 TV만 본다네. 한데 자네가 나오는 드라마를 보더니 지금처럼 배시시 웃더군. 다른 사람들은 안 되더군. 그래서 혹시 자네에게 맡기면 뭔가 달라질까 해서. 물론 얼토당토않은 생각이라는 거아네. 자네 얼굴의 점이 웃겨서 웃는 것일 수도 있겠지. 그래도 상관없네. 병원으로 보내기 전, 저 아이가 잠시 동안이라도 웃을 수 있다면 그것으로 족하네."

"…며칠 동안은 안 됩니다."

"자네 편한 때 한 며칠 데리고 있어봐 주게."

하루만 있어달라더니 어느새 며칠로 말이 바뀐다. 그러나 예전 민주의 일을 생각해서라도 거절할 수가 없었다.

"한데 저 애 이름은 뭡니까?"

"손지예라네."

"지예라……. 예쁜 이름이네요. 그럼 시간 될 때 연락드리죠."

손씨라고 하니 생각나는 사람이 있었지만 손씨가 우리나라에 한두 명만 있는 것도 아니었기에 생각을 접고 자리에서 일어났다.

머리를 식혔으니 다시 미래로 가볼 생각이었다.


*           *           *


내가 침입 혹은 빙의를 할 수 없게 만드는 부적이나, 이번과 같이 고통을 주며 움직이지 못하게 만들거나 에너지를 빼앗는 부적이 있는 미래는 나에겐 절대적으로 불리한 시간대였다.

게다가 나이를 더해갈수록 더 강해지는 가전 무술 때문에 류성은이나 류성철이 한 살이라도 어릴 때로 가는 것이 좋았다.

정무수석의 기억이 맞는다면 부적을 사용하기 시작한 것은 2040년.

혹시나 싶은 마음에 10년을 다시 거슬러 올라왔다. 그리고 그것도 모자라 3년을 더 거슬러 올라와 2027년으로 스며들었다.

장소는 아버지의 집과 류성은의 집이 한눈에 보이는 청계산 하늘 위.

변기의 물이 내려갈 때처럼 빙글빙글 돌면서 아래로 내려가며 주위가 어떻게 바뀌었는지, 빙의 대상이 있는지를 살폈다.

'아버지 집도 류성은이 차지했군.'

수리를 한 흔적은 있었지만 크게 바뀐 것은 없었다. 다만 철조망이 두 집을 포함해 넓게 둘러져 있었다. 그리고 중간중간 경호원들이 보였다.

류성은의 집 근처에 있는 날렵한 경호원에게 빙의를 할지 아버지 집 근처에 있는 덩치 큰 경호원에게 빙의를 할지 고민하는데 아버지 집에서 초등학생으로 보이는 아이가 나오는 걸 보았다.

'류성철!'

고민도 하지 않고 류성철에게 달려들었다. 한데 바로 튕겨져 나왔다.

'젠장, 또 부적이냐?'

이러다 부적 노이로제에 걸리겠다.

난 '설마?' 하는 생각에 덩치 큰 경호원에게 달려들었다. 한데 이번엔 아무런 방해 없이 빙의가 되었다.

경호원의 기억을 읽어보았다. 부적과 관련된 어떤 기억도 없었다.

'빙의가 되지 않는 것도 유전인 건가?'

류성은이 의심되었을 때 가장 먼저 한 일이 그녀에게 빙의를 시도한 것이다.

한데 빙의도 구도 그녀에겐 통하지 않았다.

덩치 큰 경호원, 서담호의 기억을 모두 읽고 구를 만들어 마당을 폴짝폴짝 뛰고 있는 류성철에게 쏘았다.

'역시……'

유전이 되었다고밖에 볼 수 없었다.

"헉헉! 담호 아저씨, 저 지난번에 가르쳐 준다는 무술 오늘 가르쳐 주시면 안 돼요? 몸은 방금 풀었어요."

마당을 눈 오는 날 강아지처럼 뛰던 류성철은 숨을 헐떡이며 내 앞으로 와 말했다.

"으, 응. 한데 그런 식으로 몸을 풀어선 안 돼. 준비운동부터 스트레칭까지 충분히 해야 해."

"이잉! 지난번에도 몸만 풀다가 공부 시간이 돼서 못 했잖아요. 그냥 가르쳐 주세요. 외워뒀다가 밤에 혼자 조금씩 연습할게요."

류성철이 연습을 하다가 회복 불가능할 정도로 다치는 것도 나쁘지 않겠다는 생각이 순간 들긴 했지만 곧 머릿속에서 지웠다.

내가 살기 위해서 미래를 바꾸긴 해야 했지만 그건 솔직히 아니었다.

"안 돼. 여러 가지 무술을 배우면 순간적으로는 강해지는 느낌이 들겠지. 그러나 아냐. 천천히 순차적으로 올라가는 것이 가장 좋아. 그러니 일단 몸부터 제대로 풀어. 설령 공부 시간이 돼도 아저씨가 기억할 때까지 보여줄게."

"와! 정말이요? 약속!"

"오냐. 약속."

손가락을 걸면서 세상을 다 가진 듯 천진난만한 웃는 류성철을 보고 있자니 귀여웠다. 비록 미래에는 괴물처럼 강해지지만 말이다.

류성철은 한쪽에 있는 매트리스를 흙바닥에 깔더니 그 위에서 스트레칭을 시작했다.

난 한쪽에 있는 조경석을 엉덩이로 깔고 앉아 그런 류성철을 유심히 보았다.

'어디서 많이 본 얼굴인데 생각이 안 나네.'

나이 든 류성철의 얼굴은 사실 자세히 볼 겨를이 없었다. 한데 어린 류성철의 얼굴을 보고 있으니 어디선가 본 듯한 얼굴이 있었다.

'할머니 쪽인가?'

얼핏 보면 류성철은 외할머니인 신지영을 닮은 것 같기도 했다.

계속 보고 있자 점점 헷갈렸다. 그래서 생각하기를 포기하고 류성철에게 물어보았다.

"성철아, 넌 아빠는 안 보고 싶냐?"

"…네."

어린애는 어린애였다. 표정을 전혀 숨기지 못했다.

"아저씬 아주 어렸을 때 아빠를 잃어서 얼굴도 기억 못 해. 그래서 너만 한 나이 때 엄마에게 사진이라도 보여달라고 울면서 조르곤 했단다. 왠지는 몰라도 엄마는 아버지 사진을 숨기셨거든."

"……."

"하지만 고등학교 땐가 엄마가 사진을 숨긴 이유를 알 수 있었단다."

"…이유가 뭐였는데요?"

"돌아가신 게 아니라 이혼을 했던 거였어. 한데 아버지가 꽤 유명한 운동선수라 간혹 TV에 나왔는데 내가 혹시 사진을 보고 찾아갈까 두려우셨던 거지."

전혀 없는 얘기를 만들어냈다.

약간 마음이 아프겠지만 내가 양보한 것을 생각하면 이 정도는 괜찮을 것 같았다.

"…그래서요?"

"당장 달려갔단다. 왜 나와 어머니를 버렸냐고 묻고 싶었거든. 한데 그러지 못했다. 아버지의 얼굴을 본 순간 눈물이 와

락 쏟아졌거든. 그리고 미안하다며 머리를 쓰다듬어 주시는
데 뭐라 할 수 없더구나."

류성철은 어느새 스트레칭도 하는 둥 마는 둥 하며 내 애
기를 듣고 있었다.

"성철인 아버지가 기억나니?"

"…아뇨. 전 얼굴도 몰라요."

"이름은?"

"몰라요. 엄만… 아무 말씀도 안 하세요. 그저……."

"그저?"

"멋진 분이셨대요. 다만 길이 달라 헤어졌다고만 하셨어
요."

"성철이만 봐도 그분이 멋진 분이라는 걸 알겠다. 네 얼굴
에 네 아빠의 얼굴이 있거든. 회장님께선 다른 말은 없으셨
니?"

"…네. 그게 다였어요. 간혹 그리워하시는 것 같은데 너무
슬퍼 보여서 묻지 못했어요."

알아내진 못했지만 건진 건 있었다.

남자혐오증이 있는 류성은이 사랑한 남자.

류성철이 2018년 3월생이니 2017년 6월에 임신을 했을 것
이고, 그렇다면 그 전에 남자를 만나 사귀었다는 얘기가 성립
된다.

초스피드의 시대라곤 하지만 간혹 그리워한다는 걸 보면

하룻밤의 불장난은 아니었을 터. 내가 죽는 것이 2017년 9월
이니 그 전에 방해할 수 있는 기회가 있다는 얘기였다.

"자신의 슬픔보다 엄마를 더 생각하다니 성철이 남자였구
나! 스트레칭은 그 정도면 됐으니까 샌드백 치기 실력 좀 볼
까?"

이대로 계속 얘기했다간 울 것 같았기에 분위기를 바꾸었
다.

"샌드백은 없는데요."

"아저씨가 손 대줄게."

다행히 류성철은 금세 슬픔을 털어내고 자리에서 일어났
다.

휘익! 쉬익!

류성철이 움직일 때마다 초등학생이라는 게 믿어지지 않을
정도로 공기를 가르는 소리가 들렸다.

이 정도라면 웬만한 성인도 류성철에게 상대가 되지 못할
것이다.

물론 내가 보기엔 조금 어설펐다. 동작과 동작 사이가 끊어
지는 느낌이랄까.

"좋아! 좀 더 부드럽게 이어서. 다음 동작을 머릿속으로 생
각하지 마. 상대도 네 동작을 보고 움직이는데 그러면 늦어.
굳이 완벽한 동작이 아니어도 돼. 자연스러운 동작이면 되는
거야."

류성철은 타고난 격투 감각이 있었다. 그에 흥이 나 미래에 그가 어떤 괴물이 되는지조차 잊은 채 그의 부족한 부분을 손봐주었다.

"방금 그 동작, 손을 뻗을 땐 좀 더 과감해야 해. 이런 식으로 말이야."

"윽! 이익!"

난 손을 뻗어 류성철의 관자놀이를 때렸다. 물론 주먹이 아닌 손바닥이었지만 그가 나뒹굴 만큼 강했다.

쓰러졌다가 발딱 일어나 자세를 취하는 그를 향해 말했다.

"상대가 약하다고 혹은 다칠 것 같다고 때리지 못한다면 처음부터 싸우지를 마. 그리고 일단 시작했으면 두 번 다시 덤비지 못하게 무력화시켜."

"…죽이라는 말이에요?"

"헐~ 과격하긴. 울면 지는 게임에선 울리면 되고, 코피가 터지면 지는 게임에선 코피만 터뜨리면 되는 거야. 가장 좋은 방법은 처음부터 아예 덤비지 못하게 하는 것이지만. 이리와. 이제 특공 무술을 어떻게 하는지 보여줄게."

서담호가 알고 있는 특공 무술을 보여주고 자세를 봐주고 있을 때 동료 경호원이 다가왔다.

"서 상사님, 뭐하십니까?"

같은 부대 출신이라 그는 예전 직위를 불렀다.

"보면 모르냐? 성철이랑 놀고 있다. 근데 왜?"

"팀장님이 회장님 퇴근 중이시라고 성철 도련님 저쪽 집으로 데리고 오랍니다."

"내가 데리고 갈게."

"에이~ 회장님 성격 아시면서. 지난번에 이유 없이 두 명이 역할을 바꿨다가 잘린 거 보셨잖아요."

"회장님께 할 말이 있어서 그래."

"무슨 말이요? 설마… 며칠 전 술 마시면서 그만둔다는 얘기 진짜였어요?"

"아무튼 내가 데려간다. 가자, 성철아."

"에이, 진짜! 팀장님에게 상사님이 간다고 연락할게요. 근데 가면서 잘 생각해 봐요. 이만큼 편하면서 돈 많이 주는 곳 흔치 않잖아요!"

그의 말을 무시하고 두 집을 연결하는 소로로 접어들었다.

절반쯤 걸었을까 문득 류성철이 내 손을 살짝 잡아당기며 조심스럽게 얘기한다.

"담호 아저씨, 저… 한 번만 업어주면 안 돼요?"

"왜? 다리 아프냐?"

"…그건 아니고, 그냥요. 힘드시면 괜찮아요."

아까 꺼낸 아빠 얘기가 마음 한구석에 남아 있었나 보다.

난 대답 대신 무릎을 꿇고 앉았다. 그리고 업히라는 신호를 보냈다. 류성철은 잠시 주춤거리다 목을 꼭 껴안으며 등에 올랐다.

'호랑이 새끼도 어릴 땐 귀엽다더니……'

류성철은 뭔가를 느끼려는 듯 등에 얼굴을 기댄 채 꼼지락 거렸는데 그런 그의 행동이 등으로 그대로 느껴져 웃음 짓게 만들었다.

혹시 살게 된다면 아이를 많이 낳아야겠다는 생각을 하며 걷다 보니 어느새 류성은의 집이 보였다.

"서담호! 너 지금 뭐하는 짓이야!"

소로에서 나가자 경호팀장이 다가오며 소리쳤다.

"쉿! 잠들었으니까 조용히 하시죠?"

어느새 류성철은 곤히 잠들어 있었다.

"당장 안 내려놔! 그만두려면 곱게 그만둘 것이지 뭐하 는 짓이야! 너 우리까지 몽땅 잘리는 거 보고 싶은 거야? 당 장……."

풀썩! 풀썩!

말을 하며 다가오던 경호팀장과 세 명의 경호원은 바닥에 그대로 쓰러졌다.

"조용히 하랬지."

난 쓰러진 그들을 내버려 두고 류성철을 툇마루에 조심스 레 눕혔다. 그리고 혹시 추울까 입고 있던 옷을 벗어 덮어준 후 경호팀장과 세 명의 경호원을 묶어 한쪽으로 치워뒀다.

"훗! 비상이 걸렸군."

마당을 비추는 세 대의 CCTV가 나를 따라 움직이고 있었다.

보안실과 경호실이 있는 건물에서 사람들이 우르르 몰려나왔다. 그리고 내가 있는 쪽으로 달려왔다.

그러나 그들은 집을 빙 둘러쌀 뿐 더 이상 접근하지 않았다.

"오고 있는 건가?"

말이 끝나기 무섭게 한 대의 차량이 굉음을 내며 달려오고 있었다.

끼이익!

타이어가 비명을 내지르며 서자 류성은이 차에서 내렸다. 한데 그녀는 마치 세상이 무너진 것 같은 표정을 짓고 있었다.

경호원과 잠깐 얘기를 나눈 그녀는 바로 나를 향해 걸어왔다.

"원하는 게 뭐죠? 성철이는 괜찮은 건가요? 만약 그 애에게……. 원하는 건 뭐든 들어줄게요. 그러니 일단 말로 해요."

당황스러움, 분노, 슬픔 등 다양한 감정이 류성은의 얼굴에 나타났다 사라졌다를 반복했다.

솔직히 그녀의 갑작스러운 태도에 잠깐 어리둥절했다. 그러나 곧 왜 그러는지 이해가 됐다.

'날 유괴범으로 보는군. 아! 그러고 보니……'

2067년의 그녀가 했던 말이 떠올랐다.


"너답다. 어린애였던 나와 성철이를 죽이려 할 때도 주절거리더니 너도 어지간히 결정 장애야. 이제 이렇게 찾아오는 거 지겹지도 않아?"


유괴범으로 오해를 받았다는 것보다 내가 2027년에 온 것이 결정되어 있었다는 것에 놀랐다.

머리가 복잡했다.

미래가 순간순간 변한다는 것이 맞는지, 이미 결정되어 있다는 것이 맞는지 이젠 알 수가 없었다.

그러나 깊게 생각할 틈이 없었다. 류성은이 내 생각을 읽고 누구인지 눈치를 챘기 때문이었다.

"당신, 서담호가 아니군요? 설마? 옛날에 날 죽이려 했었던 바로 그자? …말도 안 돼. 어떻게 사, 살아 있을 수……."

류성은은 분노를 표하며 몇 걸음 다가왔다.

가까워지면 또 당할 가능성이 높았기에 난 뒤로 물러서며 말했다.

"워워~ 진정해. 성철이를 생각해야지."

이왕 유괴범으로 취급받은 거 그대로 밀고 나가기로 했다.

류성은은 류성철 얘기에 정신을 차렸는지 걸음을 멈추고 말했다.

"원하는 게 뭐야? 이번에도 나의 죽음인가?"

"그럴 수도 있지만 일단은 거짓 없는 대화야."

"대화? 그렇게 해. 모두들 그 자리에서 20미터 뒤로 물러서 도록 해요."

류성은은 알아서 사람을 뒤로 물렸다.

"됐지? 대화는 저기 의자에서 하는 게 어때?"

"넌 거기 앉아. 난 성철이 옆에 앉아 있을게."

10미터쯤은 단숨에 좁힐 수 있는 그녀였기에 가까이 오지 못하게 했다.

"…그렇게 해."

그녀는 나와 거리를 유지하며 지난번에 마주했던 통나무 탁자에 앉았다.

그녀가 언제든지 덤벼들 것을 염두에 두고 최대한 방어 자세를 취한 후 입을 열었다.

"단도직입적으로 물을게. 너 대한민국을 없애려 하고 있지?"

"하아~ 역시 그것 때문에 다시 온 거야? 근데 질문이 이상하지 않아?"

"뭐가?"

"네가 어린 시절 날 죽이려 했던 것이 미래에 이 나라를 일본에 팔아넘기려는 이유였는데 잊은 거야?"

역시나 과거의 나는 류성은이 대한민국을 망하게 할 것이라는 걸 알고 있었다.

과거의 나와 지금의 나 사이에 정보 전달이 제대로 되지 않았음을 들키지 않기 위해 핑계를 댔다.

"그건… 생명의 위협을 받게 되었으니 당연히 그런 어리석은 생각을 하지 않을 거라고 생각했고, 그래서 미래가 바뀔 거라고 생각했거든."

"한데 아니다?"

"그건 네가 더 잘 알겠지. 다시 똑같이 물을게. 넌 대한민국을 없애려 하고 있지?"

"……."

류성은은 대답하지 않고 나를 죽일 듯이 바라볼 뿐이었다.

난 류성철의 머리에 손을 올리며 소리쳤다.

"말해!"

어느새 2067년 류성은의 입장에선 당연히 분노할 만한 일을 나는 하고 있었다.

류성은의 분노에 찬 시선으로 날 보다가 류성철에게로 시선을 돌렸는데 날 볼 때완 달리 엄마가 사랑하는 아이를 바라볼 때의 눈빛을 하고 있었다.

그리고 체념한 듯 조용히 입을 열었다.

"그래, 없애려 노력 중이야. 이제 됐어?"

원하던 대답을 들었지만 기분은 씁쓸할 뿐이었다.

『인생을 바꿔라』 7권에 계속…

박선우 장편소설
FUSION FANTASTIC STORY

멋진 인생
Wonderful Life

태어나며 손에 쥔 것이라고는 가난뿐.

그러나 내게는 온몸을 불사를 열정과
목숨처럼 소중한 사랑이 있었다.

『멋진 인생』

모두가 우러러보는 최고의 직장이자 가장 치열한 전쟁터,
천하그룹!

승진에 삶을 바친 야수들의 세계에서 우뚝 서게 되는
박강호의 치열하지만 낭만적인 이야기!

Book Publishing CHUNGEORAM

강준현 장편소설
FUSION FANTASTIC STORY
인생을 바꿔라
『복수의 길』, 『개척자』 강준현 작가의
2016년 신작!
자신이 무엇인지 알지 못하는 정신체, 염.
세상을 떠돌며 사람의 몸속으로 들어가
에너지를 얻고 나오길 반복하던 어느 날.
사고로 인한 하반신 마비, 애인의 이별 선언,
삶에 지쳐 자살하려는 김철의 몸에 들어가게 되는데…….
"뭐, 뭐야! 아직도 못 벗어났단 말이야?"
새로운 삶을 살리라,
정처 없이 떠돌던 그의 인생 개척이 시작된다!
"어떤 삶인지 궁금하다고? 그럼 한번 따라와 봐."
Book Publishing CHUNGEORAM
유행이 아닌 자유추구 -
WWW.chungeoram.com

궁극의
쉐프

*Ultimate chef*

가프 장편소설

FUSION FANTASTIC STORY

태초의 우물에서 찾은 사막의 기적,
사람의 식성과 식욕을 색으로 읽어내는 능력은
요리의 차원을 한 단계 드높인다.

## 『궁극의 쉐프』

요리란!
접시 위에 자신의 모든 것을 담아내는 것.

쉐프란!
그 요리에 자신의 가치를 증명하는 사람.

"요리 하나로 사람의 운명도 좌우할 수 있습니다."

혀를 위한 요리가 아닌, 마음을 돌보는 요리를 꿈꾸는
궁극의 쉐프 손장태의 여정이 시작된다!

Book Publishing CHUNGEORAM

철순 장편소설

FUSION FANTASTIC STORY

# 괴물 포식자

지구 곳곳에 나타난 차원의 균열.
그것은 인류에게 종말을 고하는 신호탄이었다.

## 『괴물 포식자』

괴물을 먹어치우며 성장한 지구 최강의 사내, 신혁돈.
그는 자신의 힘을 두려워한 인류에 의해
인류의 배신자라는 낙인이 찍히고 죽게 되는데…

[잠식이 100%에 달했습니다.]
[히든 피스! 잠들어 있던 피닉스의 심장이 깨어납니다.]

불사의 괴물, 피닉스의 심장은
신혁돈을 15년 전으로 회귀하게 한다.

## 먹어라! 그리고 강해져라!
## 괴물 포식자 신혁돈의 전설이 시작된다!

Book Publishing CHUNGEORAM

유행이 아닌 자유추구 -
WWW.chungeoram.com